仮面の下の欲望
Kamen no Sitano Yokubou
「欲しいなら、ねだってみろ。どうしても我慢できないというのなら、欲しいものを与えてやる」
「……っ」

仮《か》面《めん》の下《した》の欲《よく》望《ぼう》

バーバラ片《かた》桐《ぎり》

ILLUSTRATION
水《み》名《な》瀬《せ》雅良《まさら》

仮面の下の欲望

〔一〕

電車はひどく混雑していた。

近くで事故があったらしく、やたらと緊急停車し、駅に着くたびに大勢の人ですし詰めになっていく。

そんな車両の中で、河原崎英孝《かわらざきひでたか》は苛立《いらだ》ちを隠すこともなく、眉根《まゆね》を寄せた仏頂面で立っていた。質のいいスーツに、目鼻立ちの整った綺麗《きれい》な顔立ち。だが、その顔立ちの良さも、この表情では台無しだ。つり革に摑まることもできない状態だから、カーブにさしかかるたびに肋骨《ろっこつ》が軋《きし》むような圧力が全身にのしかかってくる。

英孝はきつく唇を閉じ、切れ長の二重の鋭い目を伏せた。このような混雑電車の存在は生理的に許しがたいが、辛抱するより外《ほか》はない。

英孝が不機嫌な顔をしているのは、今日に始まったものではなかった。むしろ、にこやかにしていることのほうが少ない。

英孝は東京地検《とうきょうちけん》の執務室で、日々被疑者と顔を合わせ、脅したりすかしたりを繰り返している二十九歳の中堅検事だ。

犯行動機や犯行状況を尋ねても、一癖も二癖もある人間はちょっとやそっとのことでは口を割らない。それどころか、取り調べ中に薬が切れて暴れたり、嘘《うそ》ばかり喋《しゃべ》ったり、あからさまな敵意を向けられることもある。そんな彼らに舐《な》められないためにも、だんだんと表情がきつくなっていったのかもしれない。

顔立ちが整っているだけに、無表情でいるとゾッとすると、事務官に言われることもあった。そんな英孝の目に、不意に人を殺せそうな物騒なほど光が宿った。

――何だ？

尻《しり》のあたりに、誰かの手が触れたような気がしたからだ。生理的不快感を覚え、文句を言おうと首を少しひねりかけたが、まともに身じろぎができない今の状態では、それ以上身体の位置を変えることは困難だ。力を抜いて諦めるしかない。

ほとんど足も動かせないほどの混雑だった。このようなぎゅうぎゅう詰めの状態では、誰の手がどこに触れても不思議ではないだろう。そう思い直す。

ましてや英孝は若い女性ではなく、成人男性だ。尻を触られたと騒いだら、周囲の乗客から笑われる。

じっとしているのを甘く見たのか、尻のあたりに触れていた手は、電車の振動に合わせてもぞもぞと正面ににじり寄ってきた。さすがにこれには意図的な痴漢行為と察して、英孝はその手から逃れようと持っていた鞄《かばん》で、身体をブロックする。

だが効果はなく、とうとうその手はスーツの上から英孝の股間《こかん》をやんわりと包みこむ位置まで移動した。

――なんだこれは。……痴女か？

だが、その手は大きくてゴツゴツしているから、女性ではないだろう。

この自分を触るようなふざけたことをするのはどこのどいつかと、英孝はその鋭い目で犯人を捜そうとしたが、さすがにこの混雑だ。中背の英孝より背の高い男の顔で視界が大きくふさがれているうえに、いたるところにスーツ姿の男たちがひしめいていて、どこから手が伸びているのか、まるでわからない。手が届く範囲に、十人はいるだろう。

その間にも手は、振動に合わせて英孝の股間を刺激してきた。まだ指に力はこめられておらず、すっぽりと包みこむような形だ。どうしても意識がその手があたるところに集中していく。不愉快でしかないはずなのに、その物理的な刺激に応じて、じわじわと奇妙な疼《うず》きが搔《か》き立てられていくことに、英孝は眉を寄せた。

このままではマズい状態になる。そうなる前に窮地を脱しなければならないと英孝は判断して、身体を大きくひねった。痴漢行為の際には、拒絶の意志をハッキリ示すことが肝心だと聞いたことがある。だがその動きに、すぐ左側に立っていた若い女性が、いぶかしげな顔をして英孝をにらみつけてきた。

どうして自分がそんなふうに見られているのか、すぐにはわからなかったが、下手をしたら自分のほうが痴漢と誤解されかねない状態なのだと気づかされて、ハッとする。

まずは保身の意識が働いた。

痴漢の冤罪《えんざい》を立証するのが難しく、その取り調べに苦労したこともある。英孝は襟を正して国民の模範となるべき検事であり、誤解されるような状況に自らを置くべきではない。

自分が痴漢に間違われるよりは痴漢されるほうがマシだと、やむを得ず耐えることを決めたが、手の動きはますます大胆になってくる。

スーツの上から股間をゆっくり上下になぞられ、その指の感覚が布越しに伝わってきた。こんな刺激に反応してなるものかと意識を別のものにそらせようとしたが、少しずつそこに血が集まり始める。

――マズい。……勃《た》ってきた。

男の手は、信じられないほど巧みだった。振動に合わせて擦《こす》りあげられ、電流が流れるような快感が広がっていく。ここは公衆の場だ。何も感じてはならないと思えば思うほど、刺激は逆に英孝を追い詰めていく。

ひたすらゆるゆると性器を撫《な》でられる快感に没頭しそうになり、気がつけば男の指がゆっくりとスラックスのジッパーを引き下ろしていくところだった。

「――っ……！」

その隙間から性器を引っ張り出され、直接男の手に触れられて、英孝はすくみあがる。冗談ではない。このような場所で下半身を剝《む》きだしにしていることが人々に知られたら、とんでもない騒ぎとなる。だが、電車の揺れに合わせて男の手と性器が直接擦れ、その刺激が脳天まで突き抜ける。数回しごかれただけで、ガチガチに勃起《ぼっき》していた。

こうなったら、もう英孝に拒否権はなかった。

ひたすらこのことが周囲の乗客に知られないように身じろぎを最小限にこらえ、息を殺して、男の手の陵辱《りょうじょく》に耐えるしかない。

そのとき、電車が大きく揺れ、駅のホームにすべりこんでいくのがわかった。英孝は全身がすくみあがるような恐怖にさらされた。

――マズい……！

どうにかしてペニスを人目につかないように隠さなければならない。だが、手を下ろすこともままならない。かといって、熱を孕《はら》んだ性器が誰かに触れるようなことがあったら、悲鳴を上げられる事態となるだろう。

血の凍るような恐怖の中で、電車は停車する。ドアが開くなり、その方向へと殺到する人の動きの中で、英孝のペニスがドアとは反対側にグイと引っ張られた。それに逆らうことはできず、英孝は導かれるままに動く。やたらと鼓動が高まり、焦りのあまり判断力が極端に低下していた。乗客が降りた隙間《すきま》に肩を押しこまれ、英孝は今開いたのとは反対側のドアに、身体の前面を押しつける形にされていた。

――助かった……のか……？

心臓が口から飛び出しそうなほど、ドクドク鳴り響いている。

ペニスから手は離されていたが、それを服の中に隠すことすらできない。

英孝の真後ろに立っている背の高い男が、痴漢なのだろうか。首をねじってどんな男なのか確かめたかったが、また新たに乗客が乗りこんできて、英孝の身体は強くドアに押しつけられた。

「っ！」

ドアの金属部分に剝きだしのペニスが擦れるだけで、たまらない刺激となった。こんな姿にされている自分が、とんでもない変態になったような気がしてならない。

電車が発車するときに乗客らの圧力が和らいで上体がドアから少し離れたが、その隙を狙ったように背後に立った男の手がドアと英孝の身体との間に挟みこまれる。スーツの上着のボタンはいつの間にかはずされていて、男の指と英孝の素肌の間にはシャツ一枚しかなかった。

シャツ越しに、触れるか触れないかぐらいの男の手の感触を覚えて、神経がそこに集中していく。電車の振動に合わせて指が擦れるたびに、かすかな刺激を拾い集めて乳首が少しずつ尖《とが》っていく。

この混雑では触りにくいのか、下肢に手は伸びてこなかったが、一度硬くなった性器はドアとの間で擦られるたびに痺《しび》れるような快感をもたらした。カーブのたびに全身に重みがかかり、それによって性器が強くドアで圧迫されて、頭が真っ白になる。

非日常に、いきなり投げこまれたようだ。どうにかしなければならないと頭の片隅では考えているのに、悪夢の中にいるように頭の働きが鈍い。ただ耐えることしかできない。

乳首は男の指の感触にますます尖り、焦れったいようなむず痒《がゆ》さが頂点に達したとき、いきなり爪《つめ》を立てるようにカリッと引っ掻かれた。

「……っ！」

鋭い刺激が走った。

思わず声を上げそうになって、英孝はやっとのことでそれを押し殺す。

電車が鉄橋にかかり、そのガタンゴトンという振動に合わせて、乳首を男の指がリズミカルに弾き始めた。耐えがたい疼きが、電流のように下肢に流れこんでいく。先端からあふれた蜜《みつ》で性器がドアでぬるっと滑り、そのあり得ない感覚に英孝はますます追い詰められていく。

鉄橋を渡り終えたときには、乳首は指と指との間で挟みこまれ、そのまま指に固定されてしまった。英孝の身体が振動で揺れるたびに乳首が引っ張られて、そこから広がる甘さが全身を駆け巡る。

男は英孝の真後ろに移動したようだ。片手を胸元にかけたまま、もう片方の手を股間に回してくる。背中に触れる男の身体の感触から、背が高いだけではなく、鍛え上げられた体つきをしているのがわかった。英孝は決して小柄なほうではないというのに、すっぽり抱きすくめられる形となっていた。

終電近い深夜だ。

窓の外は暗く、顔を上げれば窓ガラスが鏡のように反射して、男の顔が見えるかもしれない。だが、顔を上げることはすなわち自分の顔を男にも見られることに他ならず、乱れていく表情を誰にも知られたくなかった。英孝は額をガラスに押し当て、ひたすら息を殺すことしかできない。

再びペニスに男の指が触れ、その甘い感覚に英孝は声を呑《の》んだ。

先端だけを残して、男の指にペニスを握りこまれる。カリの下から根元まで、ゆっくりとしごかれた。その指にこめられた力は絶妙で、上下に摩擦されるたびにとんでもなく甘い愉悦が背筋から脳天まで這《は》い上がり、ここがどこかということを忘れそうになる。

――ダメ、だ……っ。

英孝は必死で正気を取り戻そうとした。

ここは電車の中だ。快楽に溺《おぼ》れていい場所ではない。職場ではコワモテの検事として、したたかな被疑者に口を割らせている自分が、こんなところで痴漢一人撃退できないなんてあってはならない。決然とした態度で、この手から逃れるべきだ。

だが、あふれ出した蜜をくちゅっとペニスに塗りつけるように男の指が動いただけで、押し寄せる快感に、膝《ひざ》が砕けそうになった。

シャツ越しに男の指に挟まれたままの乳首は、芯を持ったように硬くなっていた。気まぐれに爪でかりかり弾かれると、ペニスが蜜を吐き出す。先走りの蜜が男の指を濡《ぬ》らし、どんどん増していくぬめりとともに、感度も増す。

「こうされるのが気持ちいいんだろう?」

不意に男の声が耳元で響いて、英孝は大きく身体を震わせた。

英孝にしか聞こえないほど低められた、かすれた色っぽい声だ。まだ若い。男の声には共犯者のような響きが秘められていた。英孝がもはやあらがわないと確信しているのかもしれない。こんな行為をしているのに、少しも動揺は感じられず、むしろ落ち着きさえ感じられた。

舐められているのを知って英孝は怒りを覚え、このとんでもない状況から逃れようと身体をよじる。だが、逆に性器を強く握りしめられてしまい、悲鳴を押し殺すので精一杯だった。痛いのに、先端からとくりと蜜があふれ、男の指を濡らす。それに気づいたのか、男の声がとろけるような淫《みだ》らさを増した。

「痛いのが好きなのか? 変態め」

その嘲笑《ちょうしょう》するような響きに、英孝は歯を食いしばる。

痴漢されたのみならず、自分の秘められた性癖すら暴かれていく恐怖に、全身がすくみあがっていた。粘つく蜜を性器に塗りつけながら、男の指はより淫らに、巧みに動く。とはいっても、満員の電車の中だ。ほんのかすかな指の動きを、何十倍にも増幅させて感じ取っているのは、英孝のほうなのかもしれない。

くちゅ、くちゅ、と粘ついた水音が漏れ、それを誰かに聞かれはしないかと、全神経が張り詰めていた。

そんな中で男の指先が痛いほど尿道口を擦りあげ、胸元にある手で、乳首を小刻みに引っ張られる。

「……っぅ」

肌が上気して首筋まで桜色に染まっている。こんな自分の姿を誰かが見たら、痴漢されていることを知られてしまうかもしれない。誰も自分に気づかないで欲しい。額をドアに押しつけたまま、顔があげられなくなる。強く鞄を握りしめていた。この鞄をどうにか防御に使いたいのに、誰かの身体に挟まっていて、まるで動かすことができない。

乳首を挟みこんでいた指が開かれ、あらためて二本の指で乳首をつまみあげられた。くりくりと指の間で転がされ、そのあまりの気持ち良さに男の手に握りこまれたペニスがピクンと大きく脈打つ。腹の底から痺れのようなものが這い上がり、それが射精の前兆だとわかった。

――ダメだ。……出した……ら……っ！

電車の中で射精してしまったら、とんでもない騒ぎとなる。どうしても、こらえなければならない。身体に力をこめ、必死で耐えようとする英孝の耳元で、男が囁《ささや》いた。

「外を見てみろ」

薄く目を開くと、窓に映った自分の姿が見えた。

最初は近すぎて見えなかったが、大きく電車ががたんと揺れた拍子に、身体がドアから離れて、その一瞬の己の姿が脳裏に灼《や》きついた。

シャツの胸元を男の指に押しつぶされ、性器を剝きだしにしてしごかれている。全裸よりも淫らな自分の姿を認識させられて、カッと脳まで灼けた。

「もっと硬くなった。ずいぶんと変態だな」

男の罵《のの》りに、とんでもない屈辱を覚える。自分が変態だとしても、おまえが愚劣な痴漢であることには変わりないと言い返してやりたいが、理性とは裏腹に罵倒《ばとう》にすら全身が熱くなる。英孝の身体の奥底に封じこめられていたはずのものが疼き出す。

——嫌、だ……。

こんな行為に流されてはいけない。なのに、暴走していく身体を制御することができない。淫らな身体と潔癖な心の狭間で、英孝は苦痛を覚える。だが、身体の熱に逆らえたためしがないのだ。

器用に動く指先がワイシャツのボタンを外していくのを、英孝は鳥肌立つような恐怖とともに見ているしかなかった。後ろから肩をつかまれ、剝きだしにされた乳首がドアのガラスにぐっと押しつけられて、硬質の冷たい感触に、ぶるっと震えが全身を駆け抜けた。

「っう」

——ダメだ。早く……止めさせないと。

何をされるかわからない不安と、これが他の乗客に知られたら終わりだという危機感が、英孝の性感をさらに煽《あお》り立てる。あまりの興奮に膝がガクガクと震え、目が眩《くら》みそうだった。

揺れによって身体がガラスから離れるなり、男の指が赤く勃起した乳首をひねり上げた。

「――っ！」

鋭い痛みが、そこで爆発する。感じきっていた英孝にとっては、痛みは快感を底上げするだけの効果しかもたらさない。

抵抗するすべを剝ぎ取られ、男のなすがままにもてあそばれるしかないという事実が、英孝の身体の奥底に隠されていた被虐《ひぎゃく》の悦《よろこ》びを呼び起こす。肉欲の獣が目覚める。もっと淫らなことをされたい。ひたすら射精を我慢するしかないという状況でさえ、英孝にとっては甘い責め苦となった。

胸元に割りこんだ指先が、振動に合わせて小さな乳首を器用にガラスに押しつける。ガラスの硬い壁面に円を描くように押しつぶされる快感と、男の爪を利用した痛みまじりの刺激を交互に受け、二つの異なる刺激に、乳首がより張り詰める。

とんでもなく恥ずかしいことをされている。だが、その行為を英孝はひたすら耐えるしかない。我慢が快感を増幅させ、頭の中を真っ白に塗りつぶしていく。

性器の先からにじみ出した蜜をこそぎ落とすように指が蠢《うごめ》くたびに、射精しそうだった。

男とドアに挟まれていなければ、立っていることすらできなかっただろう。

こりこりになった乳首が圧迫されるたびに、すすり泣きのような息が漏れ、きつく眉が寄せられる。

自分が検事ということも、ここが電車の中だということも頭から飛んでいた。

必死で射精を我慢してきたが、英孝の身体がガクガク震えてきたことで限界を察したのか、男が耳元で低く命じた。

「イクなよ」

だが、その言葉を裏切らせるように、男の指が乳首を痛いほどつねりあげ、性器を根元から絶妙な強さで擦りあげた。腰が砕けそうな痺れが、足の先から脳天まで駆け抜けていく。

「——く……っ！」

その衝動を受け流すことができず、射精のために全身が反り返った。

——ダメだ、イ……く……っ！

背後にいる男に全ての重みを預けながら解放しようとした瞬間、男の指が性器をぐっと握りこんだ。

——……！

すぐには何が起きたのかわからない。頭の中で何かが爆発する。出口を失った快感が逆流し、その苦痛に息が詰まった。

「……っ……！」

声を出さずにいられたのが、奇跡のようなものだ。

英孝は苦しさにがむしゃらに身体をよじらせ、男の指の束縛から逃れようとした。射精したくてたまらない。そうしないとどうにかなりそうなほどの切実な生理的欲求に、全身が支配されている。

だが男は英孝の身体を強く抱きとめ、指を緩めてくれない。疼痛《とうつう》が身体を満たし、ガクガクと膝の震えが止まらなくなる。あまりの苦痛と快楽に頭の中がショートして、浅ましく下半身が痙攣《けいれん》した。

意識を保つのが困難になっていく。

そのとき、真っ白になった英孝の頭に、駅名を連呼するアナウンスが聞こえた。

ドアが開き、乗客たちがホームに降りていく。

まともに動くことができずにいた英孝のスーツの前だけが乱暴に閉じられ、男の手が英孝を乗客たちの波に押しこむ。倒れこみそうだった英孝はそれに巻きこまれ、ホームに押し出された。男の顔を見るよりも、自分の格好のほうが気になった。持っていた鞄を抱えこんで、下半身を隠す。

ホームに足がついた途端、膝が崩れて座りこむかと思った。貧血を起こしたかのように、視界が狭まっている。腰にとんでもない違和感があった。

だが、立ち止まることすら許されず、人々に押されてふらふらとホームの端まで歩く。階段を上がったところにトイレがあることに気づいて、英孝は人々にぶつかりながらエスカレーターで上に向かった。

トイレの個室に入りこんでドアを閉じたときには、全身が汗だくになっていた。

全力疾走した後のような疲労感がこみあげ、蓋《ふた》を閉じた洋式便器に座りこむ。

腰には射精したようなしていないような、むずむずした感覚が残っていた。身体全体が、信じられないほど敏感になったままだ。

英孝は自分でまたスーツを乱していく。

ぶすぶすと脳をいぶす感覚を解消するためには、この熱を一度吐き出さなければどうにもならないとわかっていた。許しがたい行為をされたというのに、さきほどの男の指を思い浮かべながら、ペニスをしごきあげていた。

――嫌、だ……っ。

あんなことなど、望んでいたわけではない。なのに、あのような卑劣な痴漢の手を振り払うことができないほど、自分の身体が餓《かつ》えていたことを思い知らされる。

身体に残る切ない疼きを搔き立てるように、英孝の指は淫らに動いた。知らず男の指の動きを真似ていた。

純粋な悦楽への渇きが、全身をひくつかせる。快楽に流されるのは嫌だ。いつもは禁欲的なほどの生活を送っているというのに、少しの刺激がきっかけとなって快感に浸ることを止めることができない。どうして自分はこうなのだろうか。

『痛いのが好きか？　変態だな』

男の声が蘇ると同時に乳首を強くつまみあげ、英孝はその痛みまじりの悦楽に貫かれて、放っていた。

「――っ……！」

ぽたぽたとあふれるものが指を伝い、タイルに落ちていく。

身体から力が抜ける。

放心して息を整えながら、こんなところで快感に浸る自分の浅ましさに英孝はぎゅっと眉を寄せた。

過去の記憶が呼び覚まされる。

英孝の身体に、男の味を教えこんだ家庭教師のことを。

東大法学部目指して受験勉強をしていた高校時代、毎週、英孝の家に英語を教えにやってくる男の家庭教師がいた。

帰国子女だった彼は志望大学に合格しているだけでなく、頭が良くてハンサムで、英孝の知らない遊びや世界をよく知っていた。勉強ばかりで友人もろくにいなかった英孝にとっては、憧《あこが》れの存在だった。

能登《のと》というその家庭教師と雑談している最中、何かの拍子でその手の話題になったのだ。

「勉強ばかりしているみたいだけど、……オナニーもちゃんとしてる？」

能登の手が英孝の腿《もも》にさりげなく触れていて、その感触に内心ドキドキしていた英孝は、自分の欲求不満を見抜かれたような気がして全身を強張らせた。

「そんなこと、……するはずがない！」

だが、まさか高校生にもなってしていないはずがない。能登からやたらと身体に触れるようなスキンシップを受けていたせいもあるが、もともと英孝は異性よりもハンサムな男性に興味を惹《ひ》かれることが多く、能登のことを思いながら、指を濡らしたこともあった。

その後ろめたさと、何かを見抜かれたような恥ずかしさで、あわてて話題を変えようとしたとき、能登の吐息が首筋にかかった。

「してないはずがないだろう？　ちゃんと剝けてる？　見てやろうか」

「いい……っ」

「いいから、見せてみろって」

半ば強引にそこを暴かれ、からかうように伸びてきた能登の指の感触に、若い英孝の性器は情けないほど正直に反応した。他人に触られるなんて初めてだったし、それが憧れの能登とくればなおさらだ。その手の動きのいやらしさにあっという間に射精し、それから能登の手を拒めなくなった。

次第にエスカレートしていく行為を受け入れたのは、能登に強引に押し切られたせいもあったが、このハンサムな家庭教師に対する淡い恋心があったからだ。好かれたかったし、性に対する好奇心もあった。好きだと伝えることも、自分のことをどう思っているのかも聞き出すことができなかったが、こんなことをするからには、能登も自分のことを好きなのだと思いこもうとしていた。

性器を手で弄《いじ》られるだけでなく、くわえられることも、相手のものをくわえることも覚え、どんどん深みにはまっていった。能登は英孝の身体が苦痛を覚えるほど痛くされるとより感じると見抜き、動きを封じられて従属させられると興奮することを暴いた。

その素地が、英孝にはあったのかもしれない。

英孝の父は裁判官で、厳格な人だった。幼いころから反抗すると容赦《ようしゃ》なく体罰を与えられていた英孝は、それが躾《しつけ》であり、愛情だとどこかで結びつけていた。そんなところがあったからこそ、能登に与えられる苦痛は快感だと思いこむようになり、その刷りこみが被虐の性癖を決定づけたのかもしれない。

能登の性器を初めて受け入れたときにも、とんでもない痛みに涙があふれた。それでも、これが能登の愛情なんだと思いこもうとしていた。

痛くてそこから身体が壊れてしまいそうだった。だが、英孝の身体は苦痛を少しずつ快感へと変化させ、最後は能登にまたがり、腰を振らされながら達したほどだった。

能登はそんな英孝を、淫乱だと笑った。

人前では優しい家庭教師だった能登は、二人きりになると暴君へと変化した。

能登はずっと英孝のような相手が欲しかったのかもしれない。

英孝の身体を調教し、快楽に弱い身体をより淫らに仕立てあげた。縛って放置したり、体内にバイブを入れたまま、外に連れ出すようなことまでした。

優等生であり、ひどくプライドが高かった英孝は、そんな関係に抵抗を感じずにはいられなかった。

だが、能登の巧みなテクニックに身体はいつでも陥落し、愛されているのだと思いこもうとしていた。

だが、あるとき、能登がひどく親しげに男と歩いているのを見かけ、その雰囲気に不安を覚えた英孝は二人を尾行し、ホテルに入っていくところを見た。

次の家庭教師の日、やってきた能登にそのことを突きつけると、彼は平然と言い返してきた。

「それが、何？　俺が他の男と寝ちゃいけないのかよ？　おまえ、俺の何のつもり？」

その言葉に、全身が冷たくなった。能登と自分とは身体の関係に過ぎないのだという現実を否応なしに突きつけられ、押し倒そうとしてくる能登を、英孝は渾身《こんしん》の力で振り払った。

部屋から飛び出し、能登が帰るまで家には戻らなかった。

帰宅してきた父に、能登を辞めさせて欲しいと訴えた。

全国有数の進学校でトップの成績を誇っていた英孝の成績が急速に下がったことを知っていた父親は、厳しい顔で英孝を見つめ、理由を尋ねた。答えられずにいると、そうすれば成績は戻るんだな、と問われた。うなずくと、次の週から新しい家庭教師が通ってくるようになった。

能登とはそれきりで終わったが、最後に突きつけられた言葉が、英孝の心の傷となっている。

「いいのか？　俺と別れて。おまえのような淫乱な身体が、男なしで我慢できるのか」

黙れ、と怒鳴ったと思う。

それきり英孝は、男女問わず誰かとそのような関係になったことがない。

疼く身体をずっと持てあましてきた。あのような快感が存在していることを知らなかったときならまだしも、知ってしまえば求める気持ちは抑えきれない。

だが、その手の男といいムードになったときも、能登に淫乱と罵られた言葉が蘇り、英孝は臆病になった。

肉欲に流されてはならない。能登のときと同じことを繰り返したくはない。身体だけではなく、心まで愛されたかった。

だが淫らな性癖を隠し、他人に本心を覗《のぞ》かせまいとしている英孝は、ひどく取っつきにくく見えるらしい。成長するにつれ、他人と親交を結ぶことがより難しくなった。大学では、ほとんど孤立していたと言ってもいいほどだ。もともと人付き合いが苦手だったが、能登とのことがあった後は、なおさら誰かと親しくなるのが怖くなった。自分の中にある、ひどくみっともない部分を知られそうで。

法曹一家に生まれてはいたが、裁判官や弁護士ではなく検事の道を選んだのは、人付き合いが苦手だったのと、自らを厳しく律したかったからだ。

とんでもなく淫蕩《いんとう》な性欲がこみあげてくることがある。通りすがりの男でもいいから犯されたいという淫らな熱に浮かされ、その思いが頭から離れなくなることもあった。だが、検事という職につけば、他人から後ろ指を差されるような行為をすることは、身の破滅につながる。背水の陣を敷くことで、堕落することを食い止めたかった。それほどまでに、自分の性癖を恥じていた。

——だが、こんなことになるとは……。

痴漢なら相手の顔は見えず、英孝も匿名の存在でいられることが、油断につながったのかもしれない。

英孝は硬く唇を噛《か》んだ。堕落したくない。日々、そう願っている。なのに、どうして自分はこうなのだろう。

電撃のように身体を貫いた悦楽を思い出すだけで、過去に連れ戻されていくような気がする。快感に縛られ、愛情もない男に従属していたあの頃に。

英孝の職場は、霞ヶ関の合同庁舎にある東京地検だ。

入庁後、まずは東京地検で研修を受けたのち、横浜《よこはま》に配属された。その後は、岡山《おかやま》地検にいてから東京地検に舞い戻った。検事は地元との癒着を避けるために、ほぼ二年ごとに転勤となる。その間に汚職や脱税などの事件も担当し、何でも一通りこなせる検事として、一人前とされるわけだ。

英孝が今、配属されているのは、刑事部だった。

通常の刑事事件の場合は警察がまず最初の捜査を行い、逮捕されてから四十八時間以内に被疑者は検察庁に送られてくる。そこで検察官による取り調べを受けることとなる。

検察官は証拠などを再確認して、起訴するかどうかを決定する重大な役割を担わされていた。

警察と同じ取り調べをあらためて行うのは、一度調べることで誤りが生じるのを防ぐ意味がある。

そして、起訴するかどうかは、裁判となったときに有罪にできる事案であるかどうかで決まる。

証拠や目撃者、本人の自供などを検討し、有罪にできないと判断した場合は、嫌疑不十分として不起訴とする。罪が軽すぎたり、本人の性格や年齢、状況等によっては、起訴猶予とする。

東京地検で年間に受理される案件は年間に二十三万を越え、起訴されるのはそのうちの二十パーセントに過ぎない。

犯人を捕まえても起訴されなかったら、罪とは言えず、起訴するかどうかは、ひとえに検察官の判断に委《ゆだ》ねられていた。

だからこそ、職務は気が抜けない。

本館の三階の廊下沿いに、いくつもの執務室が並んでいた。それらの一つ一つが検事の私室も兼ねており、英孝の部屋もそこにある。

朝、執務室の中に入ると、英孝の取り調べをサポートしてくれる検察事務官の宮田《みやた》がすでに席に座っていた。

「おはようございます」

それに愛想のない会釈を返して、英孝は持ってきたコーヒーを飲みながら、今日、取り調べる被疑者のファイルに目を通していく。最初の取り調べは、昨日、新宿署《しんじゅくしょ》から送致されてきたばかりの榎本《えのもと》という男だった。

広域指定暴力団、相模原《さがみはら》組の下部団体である榎本興業の組長であり、三日前、泥酔してタクシーのドアを蹴り、制止しようとした運転手に殴りかかったらしい。運転手の通報によって駆けつけてきた警察官によって、傷害の現行犯として逮捕されていた。

罪自体は軽微だが前科があり、警察では他にもたっぷりと余罪があると見て、勾留期限ギリギリまで榎本をとどめ、余罪を吐かせようとしたらしい。だが、榎本は酔いが醒《さ》めるなり深く頭を下げ、よけいなことは一切喋らなかったようだ。

――ヤクザか。

面倒な相手だった。

日本国憲法において法の下での平等が定められているが、現在の日本の刑事裁判では、暴力団構成員というだけで有罪となり、量刑は五割増しとなる傾向がある。ましてや法改正によって、暴力団構成員に対する厳罰化が進められている最中だ。

普通の人間なら、酔って大騒ぎをしても、相手が訴えを起こさないかぎり、起訴されるようなことはない。だが、今回の場合は榎本が暴力団構成員ということで厳重に取り調べられ、ここに送致されることとなったのだろう。

――運転手のケガは、全治一週間、か。

起訴するかどうか、微妙なラインだった。

他の検事がどうしているか相談しようにも、英孝はあまり親しい同僚はいない。検事は一人一人が別々の仕事をしているようなもので、部屋も個室だからだ。地検内でも人間関係というものがあるが、英孝は個人が独立したような職場環境をいいことに、他の検事と交流することがなかった。とりあえず、どんな男か取り調べてから判断することに決め、ファイルを横に置く。

他の事件の資料も読んでいるうちに定時となり、榎本が警察官によって連れられてきた。

榎本は英孝と、大きな机を挟んで向かい合う位置に座らされる。

英孝は相手がどんな凶悪犯でも取り調べの最中には手錠や捕縄を外させ、警察官も外に出す方針だった。被疑者を怖がっていたら仕事にならない。できるだけ相手と向かい合わなければ、正しい供述を引き出せない。

万一の場合には、机の上に非常用のスイッチがあり、それを押せば警察官が飛んでくる仕組みとなっていた。

英孝はまっすぐ視線を向け、無言で榎本を観察した。

——したたかそうな男だ。

殊勝そうに見せかけてはいたが、全身に染みついた暴力的な匂いは消せない。服装は黒のポロシャツにベージュのパンツだったが、いかにもヤクザというような凶暴な顔つきをしていた。

十分に観察してから、英孝は榎本本人についての質問から始めた。

「まずは、名前、年齢、性別、住所を」

その後は家族構成や住居、経歴、収入や組のことまで順に尋ねていく。

途中まで榎本は大人しく答えていたが、面倒になったらしく、不意に脅すような低い声を発した。

「検事さんよ。罰金などいくらでも払うから、そろそろ外に出しちゃあくれねえか」

肘《ひじ》を前に出して身体を乗り出し、目に物騒な光を浮かべて、威圧してくる。さすがはヤクザだけあって、人を脅す方法は心得ているようだ。

事務官の宮田が、榎本の気配に息を呑んだのが伝わってくる。

だが英孝は表情一つ変えず、じろりと榎本をにらみつけてから、すげなく尋ねた。

「それは、保釈を望んでいるということか？　残念だが、おまえは前科がある。過去に十年の刑を越える有罪判決を受けている者は、保釈は認められない」

意地悪を言っているわけではなく、法に照らしての拒絶なのだが、榎本はそうとは受け取らなかったらしい。しつこく食い下がってきた。

「弁護士に保釈を請求させる。俺は非常に反省してる。何でも正直に言うし、保釈金も積む」

「無理だ」

一言で訴えを退けると、榎本は激昂《げっこう》して机を叩《たた》き、怒鳴りだした。

「ふざけんな、てめえっ！」

英孝はそれを受け流した。英孝の態度に被疑者を刺激するところがあるのか、このように怒鳴られたり、暴れられたりすることはよくある。最初はそれなりに緊張したが、最近は慣れてきた。むしろ怒鳴った後は、被疑者はスッキリするのか、それなりに供述を引き出せることも多かった。

だが、宮田はまだ慣れていないようで、オロオロしている。そんな宮田を視界の端で見ながら、頭の片隅で考える。

榎本はヤクザだ。前科もあるし、このような取り調べも受けたこともあるだろう。法律のことも一通り知っているはずだ。自分が保釈されないことなどわかっているだろうに、これだけ騒ぐということは、外に出なければならない理由があるということなのだろうか。

——だが、何を言っても保釈は無理だ。

どれだけ怒鳴られても受け流す英孝の態度に、榎本はやがて疲れたのか黙りこんだ。だが、それから英孝のほうから質問を続けても、一言も喋らなくなる。

そんな榎本に、英孝は言った。

「保釈は無理だが、外に出たかったらさっさと何でも話すんだな」

それでも頑《かたく》なに黙りこむ榎本に、今日は取り調べをしても無駄だと英孝は判断した。警察官を呼んで留置所に戻させ、次の被疑者を呼び出すことに決める。

いつでも検事は、三十件から五十件ほどの身柄事件を抱えていた。一人の被疑者は最高二十一日までは勾留できるが、それ以上は違反となる。何が何でもその期間内に仕事を終えるために、要領よくこなしていく必要がある。それでも上手に回らないと、残業につぐ残業となる。

その日も遅くまで仕事に追われ、勾留期限の迫った被疑者の調書ができたのが、午後九時すぎだった。

英孝は事務官の宮田を部屋に残して、決裁を受けるために上司の部屋に向かう。

「失礼します」

ノックしたのは、地検のナンバーツーである次席検事の部屋だった。

検察庁は非常に厳格な上下関係の中にある。

法律上では検察官が単独で調査する権限や、起訴する権利を持っているとされているが、実際には上司の決裁なくして動くことはできない。

英孝は直属の上司である弓狩《ゆがり》次席検事の前で事件について話し、質問されれば何故このような処分を選択し、量刑を定めることにしたのかをとうとうと説明した。ここでしっかり返せないと鋭くつっこまれ、調べ直せと調書を突っ返されることもあった。

人間関係を上手に取り繕うことは苦手だったが、記憶力だけは優れている英孝は、学生時代や司法試験において、ずっとトップの座を走り続けてきた。調書作成においても、最新の判例や法律改正に詳しく、それなりに認められている。だが、勾留期限内に全てを終わらせるために、どうしても調べる内容を取捨選択しなければならず、ものによっては怒鳴られて、やり直せと叱《しか》られることもあった。

弓狩は英孝にとりわけ厳しい。

今日は五件あった中の一件について、調べが足りないと指摘されて弓狩から突き返され、起訴状を書き直すように指示された。

それを持って出て行こうとすると、弓狩がふと気づいたように、英孝を呼び止めた。

「そういえばおまえが、——榎本の担当か」

弓狩は厳格な風貌《ふうぼう》と、鋭い目つきをした五十過ぎの男だ。縦社会である検察庁の中で、強い権力志向を持った地検のナンバーツーであり、刑事部の検事は全て自分の子分とでも思っているような高圧的な態度が、英孝は苦手だった。

「ええ。私が担当ですが」

「どんな事件だ？」

英孝はとまどう。

地検では常時、多くの事件を抱えている。マスコミを騒がせる凶悪事件ならともかく、弓狩が何故、榎本の事件に興味を抱くのかわからない。

榎本興業は吹けば飛ぶような小さな組織だ。その上部団体の相模原組の幹部の事件なら興味を持つだろうが、榎本はほんの下っ端に過ぎない。

それでも尋ねられたからには、事件の概要を上司に説明しなければならなかった。

榎本が起こした傷害事件について伝えると、弓狩は特に興味を引かれることはないらしく、ふんふんとうなずくだけだった。

「そうか」

それだけで、行ってよし、という態度を取られて、英孝は拍子抜けした。榎本の事件の何が引っかかったのかわからず、逆に質問せずにはいられなかった。

「何か、次席が気にされるようなことが？」

「いや。——榎本は相模原組の傘下だ。下手すれば、厄介な弁護士が出てくると思っただけだ」

「厄介な弁護士？」

聞き返したが、弓狩はむっつりとしてそれ以上は喋ろうとはしない。

だが、英孝は動こうとはしなかった。こういうところが、自分が上司から好かれない理由だと知りながらも、気になったことはそのままにしてはおけない性分だ。

「そういえば、榎本がやたらと外に出たがって、弁護士に相談するとわめき立てておりましたが」

「それで、どうした？」

「前科がある者は無理だと説明しましたが、納得した様子はありません。弁護士に連絡しろと希望するかもしれません」

「そうか」

弓狩が不愉快そうにうなった。

再度、出て行けと合図されて、英孝はその部屋を出る。

自分の部屋では宮田が待っていた。あとは自分でするから、帰っていいと年上の事務官に伝え、英孝はパソコンに向かって指摘された起訴状を書き直す。そうしているうちに、終電近い時刻となった。

——そういえば。週末は久々に、休みか。

勾留期限に追われる検察官はなかなか決まった休みは取れないものだが、今日は金曜日で、明日と明後日は久々の連休を取ることになっていた。英孝は休みなど必要なかったが、宮田までそうさせる訳にはいかない。だからこそ、休みを前にした宮田は早く帰宅したくて、そわそわしていたのかもしれない。

起訴状を再提出しに行ったが、弓狩はもう帰宅していたので、書類を上司のポストに差しこみ、英孝は終電に乗り遅れないように足早に検察庁を出た。地下鉄から私鉄に乗り換え、ぎゅうぎゅうの急行の終電にどうにか間に合う。

金曜日の終電は、朝のラッシュ以上の混雑だった。

肩と肩が押し合うその圧迫感に、昨日の痴漢を思い出す。

今朝は何だか混雑した電車に乗るのが嫌で、かなり早めに出勤したのだが、仕事に追われて帰りの電車のことは頭から飛んでいた。

昨日のことを思い出しただけで、ひやりと心を冷たいものがかすめる。だが、昨日とは乗っている時刻が違う。まさか今日も出現することはないだろう。そのことについては考えないことにした。

手すりにもつり革にも捕まることができず、英孝は車両の中で両足を踏みしめる。何駅か過ぎて警戒心が薄れてきたころ、不意に尻を撫であげてくる不埒《ふらち》な手の感触に、英孝は大きく震えた。

——まさか……っ！

悪夢が蘇る。

また昨日の男が現れたのだろうか。それとも、別の人間だろうか。

どちらであろうとも、二度とあのようなことをされるつもりはなかった。

欲望に流されてしまった昨日の自分に対して、深い後悔だけが残っている。一歩間違えたら、身を滅ぼしかねない行為だった。昨日は運良く周囲の乗客たちに気づかれずに済んだようだが、今日もそうとはかぎらない。

尻に触れてくる手が痴漢だと確認できるなり、その手をねじりあげて電車から引きずり出そうと身構えていた。それで終電を逃してしまってもかまわないという覚悟はあった。

不埒な手が英孝の尻の間を淫猥《いんわい》になぞる。その刺激にゾクリと身体が震え、英孝は男の手を手探りでつかもうとした。

「っ！」

そのとき、腕をねじあげられてずきっと肩に痛みが走り、思わぬ反撃に身体がすくみあがる。何が起きたのかわからず、一瞬、完全に無防備になっていた。続いて、手首に冷たい金属が押し当てられた。

――手錠か？

その冷たい感触に、英孝の心臓が跳ねあがる。手錠で送致される被疑者を日常的に目にしているからこそ、自分が拘禁されるような罪を犯したのではないかという妄想にとりつかれ、心臓がドクドク鳴り響く。昨日、自分が車両の中で犯した淫らな行為が頭をかすめた。

――誰かが訴えた？

身動きできずにいる間に、反対側の腕もつかまれる。そちらの手には鞄が握られていたが、男はそれを奪って網棚の上にひょいと乗せた。

そのまま車両から引きずり出されるのかと思いきや、男は英孝の身体を背後から抱きしめるように腕を回し、股間に触れてくる。

――何…だと…？

服の上からつまみあげるように性器を刺激され、ぞくっとうねりが体内を駆け抜けた。

いったい、何が起きているのだろうか。

焦りのあまり、冷静な判断ができなかった。

憎たらしいほど大胆に触れられ、あっという間に性器が勃起する。男の手の紡ぎだす快感が、英孝の身体を狂わせていく。

そこに至ってようやく、英孝は相手が公権力を行使しているのではないと気づくことができた。

――手錠は、……俺の動きを拘束するためのものか？

だとしたら、騒ぎ立ててこの車両から降りるのが一番だ。大声を出してこの男は痴漢だと騒いだら、周囲の人間は協力してくれるだろうか。だが、股間を勃起させ、手錠をはめて騒ぐ英孝こそが、変質者だと思われはしないだろうか。

騒いだ途端、この憎らしい男は周囲に身をくらまし、素知らぬふりをするかもしれない。

この状態でどう説明したら、周囲の乗客やホームにいる駅員に事態をすんなり納得させることができるかと、英孝は必死で考えを巡らせる。

どうにか話を組み立てようとしているのに、男の指の動きが頭の中を掻き乱すようだった。必死でその刺激から逃れようとすればするほど、男の指の動きは淫靡《いんび》さを増していく。性器が完全に勃ちあがってしまえば、英孝の逃げ道も失われる。昨日と同じように、声を殺して耐えるしかなくなる。

――何をしてるんだ、俺は……！

自分は検事だ。

このような愚劣な犯罪を心から憎み、その犯人を特定しなければならない立場だ。なのに、灼けつくような羞恥《しゅうち》とともに、男の指のもたらす快感から逃れられずにいる。

どうにか、この状況から逃れなければならない。なのに、息を殺し、身体を固くして、男の指の暴虐に耐えているのはどういうことなのだろうか。

大勢の人々の中で手首を拘束され、秘めたところに触れられて、ひたすら声も出せずに耐えるしかない状況に、頭が沸騰するような興奮を覚えている。

そのとき、電車が駅に滑りこみ、乗客の乗降があった。その人々に交じってホームに下りてしまえば、この淫らな行為から逃れられるはずだ。

だが、確かにそう考えたはずなのに、身体はすぐに動かなかった。ほんの三秒ほど躊躇《ちゅうちょ》した間に人の流れが変わって、人々が乗りこんでくる。英孝はふらついて、ぐっと車両の奥に押し戻される。

硬くなった性器が横にいた乗客の身体との間で強く擦れ、その電撃のような摩擦に英孝は息を呑んだ。たまらない快感が脳まで染めていくが、同時に血の凍るような恐怖を覚えていた。鼓動が高鳴り、冷や汗が吹き出す。

――知られた……？

どうしてさきほどの駅で、自分は降りなかったのだろうか。

密着することになった隣の乗客は、英孝の性器が硬くなっていることに気づいているだろう。

彼に騒がれ、車両から引きずり出され、電車の中で妙なことをしていたとして駅員に引き渡されたら、英孝に逃げ場はない。言い訳しようにも頭は真っ白で、何も考えられない。とんでもない音を立てて心臓は騒いでいるのに、下肢の熱は冷めるどころか、滾《たぎ》るような熱さを感じていた。

密着していた乗客が身じろぐ。

手首をつかまれ、ホームに引っ張り出される自分の姿を、英孝は頭に思い描く。観念するしか外になく、泣きだしそうに顔が歪《ゆが》む。

だが、その男の逞《たくま》しい腕は英孝の腰に回され、ぐっと抱き寄せられた。スラックスの上から尻をなぞってくる。反対側の手はまるで見えてでもいるように巧みに動き、ジッパーを下ろして、小用を足すときのように英孝の性器だけを服の外に引っ張り出す。

——どういうことだ……？

驚きに英孝は顔を上げた。男の顔を確認しようとしたが近すぎて逆に見えず、あざけるような低い声が耳朶《じだ》に直接吹きこまれた。

「もう濡らしてるのか。悪い子だ」

——あの男だ……！

びくんと身体が跳ね上がる。真後ろにいると思っていた痴漢は、他の乗客の乗降に合わせて、立つ位置を横から正面に変えたらしい。

昨日の痴漢と声が一緒だった。何故、また同じ男と会うのだろうと、不安がこみあげてくる。偶然とは思えない。まさか、マークされていたのだろうか。男の手は英孝のウエストのラインをなめらかに移動し、片手で器用にベルトを緩め、前ボタンも外した。電車の中で服を乱されるなんてごめんなのに、手錠をはめられた手を動かすことはほとんどできず、なすがままにされるしかない。

——何…を……っ。

硬直した英孝の鼓動と興奮だけがひたすら高まっていく。ホームに引きずり出されるという最悪のシナリオを思い描いた後だけに、奇妙な諦めのようなものが心を支配していた。

他人の気配が、いたるところにひしめいていた。肩や腰が触れるのは見知らぬ他人であり、いつ彼らが英孝の状態に気づいて騒ぎだしても不思議ではない。だが、周囲の乗客たちは気づいた様子もない。男の手が電車の振動に合わせて、なめらかにさりげなく動くからかもしれない。

心臓が壊れそうなほどどくんどくんと鳴り響く。何で自分が、これほどまでに男のなすがままになっているのか理解できない。後ろ手の手錠のせいだろうか。外気にさらされた性器は萎《な》えるどころかますます熱く滾り、電車の振動に合わせて男の身体と擦れて、痺れるような刺激を与えてきた。

そのとき、男の手が英孝の背中のほうから下着の中につっこまれた。

尻に直接触れられ、硬く閉じたつぼみに男の指が届いて、英孝は大きく震えた。

英孝のそこは、能登にひらかれて以来、誰にも触れられていない。秘められたその部分を、見知らぬ人間に触れられるのはどうしても抵抗があった。

男の指から逃れようと、英孝は懸命に身体をひねる。過去の悪夢が蘇る。男に貫かれ、屈辱とともに被虐的な快感を覚えて、腰を揺らして、もっともっととねだったことがあった。それは英孝を打ちのめすほどに屈辱的な記憶であり、そんなことを繰り返すわけにはいかない。

「……やめ……ろ……っ」

男の顔の方向に向けて、英孝は押し殺した声で囁く。男以外の誰かに聞かれる可能性もあったが、それにかまっていられないほど、声には本気の怯《おび》えが混じっていた。

男の手が下着から抜け出す。そのことにホッとする間もなく、また下着の中に手が突っこまれた。

——何だ？

指だけではなく、何かを持っているような奇妙な感触がある。

男の指は英孝の孔《あな》の位置を確認するなり、何かをそこに強く押しつけてきた。

「――っ……！」

括約筋が丸く押し広げられ、その驚きと恐怖に英孝は目を見開いた。公共の場でいったい、何をするつもりなのだろうか。

開かれる感覚に抵抗して身体に力がこもり、そこに張り裂けそうな痛みが広がる。とんでもないことが我が身に起きている。英孝は手錠をはめられた手で男の腕をつかんで阻止しようとしたが、強引に押しこまれた異物が、ぬるっと括約筋を通り抜けた。

それが何だか知りたくて、強く締めつける。こらえられないほどの違和感があった。そう大きなものではないのかもしれないが、全感覚がそれに支配されていくようだ。

――……ローター……？

能登に、そういった玩具《おもちゃ》でもてあそばれたことがある。だが、あまりに久しぶりすぎて、中を弄られる感覚に慣れない。襞《ひだ》は閉じ、全身が硬直している。あまりの違和感とあり得ない状況に、身じろぎもままならない。

そんな英孝の後孔に、男は指でローターを容赦なく奥まで押しこんでいく。

――あ……っ、入って……く……っ！

指の太さよりもやや大きく感じられるそれが、狭道をじわじわと押し開いていく。淫らな感覚が走る。腰がズンと重くなる。少しも濡らされていないのに、かすかにぬめるような感覚があるのは、英孝の身体が濡れ始めているからだろうか。高校生のとき、そのことで能登によくからかわれていた。

『おまえ、ここが濡れるんだ？』

能登の声が耳の奥に蘇る。

自分の身体の特殊な淫らさを、見知らぬ男にまで知られたくなくて、英孝はかすかに首を振る。ここまでされてしまった今、一方的な被害者であるという訴えを認めてもらうことは難しいだろう。男の共犯者だと思われるだけだ。

「っ……！」

そのとき、強い刺激が英孝の全身を突き抜けた。ローターがとある一点を通過したのだ。

ビクンと痙攣したことで何かを察したらしく、男はそこに異物を残して指を抜く。下着が戻され、ジッパーを上げられ、スーツのスラックスとベルトも元のように直された。

だが、英孝の体内にはローターが残されたままだ。しかも、前立腺《ぜんりつせん》に押し当てるような残酷な位置で静止している。

——ダメ、だ、そこ……っ。

ひくひくと、英孝の後孔が収縮した。

動かされることなく、ただそこに存在しているだけでも、ローターは痺れるような刺激を背筋に伝えてきた。

身体の他の部分を刺激されるのとは、まるで違う。そこはとても敏感な場所であり、ペニスを裏側から刺激されているような、奇妙な感覚を秘めていた。甘い甘い疼きが、英孝の身体を内側から溶かしていく。

周囲の空気が、一気に密度を増したようだった。

英孝の全身から一斉に汗が噴き出す。

異物で押し広げられている圧迫感が頭から離れず、電車の振動の一つ一つが残酷な責め苦となる。

揺れに合わせて足を踏ん張るだけでも、淡い電流でも流されているような刺激が英孝を苛《さいな》んだ。この異物感は耐えがたく、一刻も早く逃れたいのに、もっともっとそこを刺激して快感を与えて欲しいような願望もこみあげてくる。

「く……っ」

英孝はかすかに首をひねり、車窓の外の風景によって、電車の現在位置を確認しようとした。急行列車なので、駅に停まる間隔はだいたい十分ほどだ。次の駅に着くまで、あとどれだけ耐えなければならないのだろうか。

深夜に近い時刻だったが、看板のネオンが浮かびあがり、街の灯《あか》りはまだ完全には落ちてはいない。毎日見慣れている風景だったから、すぐにどのあたりだかわかった。次の駅に到着するまでには五分以上あるはずだ。

英孝は眉を寄せ、下を向く。だが視界を閉ざしてしまうとなおさら、体内にあるローターに意識が集中した。

これが現実とは思えない。満員電車の中で、これほどまでに身体を熱くしているなんて。

スーツの下で乳首が硬くしこり、たまらないむず痒さを伝えてきた。

「っく」

電車の振動や、他人の肩や身体の感触を鮮明に感じ取り、全身の感覚が研《と》ぎ澄まされていく。

次の駅につくことだけを、ひたすら待ちわびる。後ろ手に手錠をされた姿にどんな奇異の目を向けられようとも電車から降り、体内にあるローターを抜き取るしかないだろう。

だが、電車が揺れるたびに全身が昂《たかぶ》り、スーツの中でペニスが痛いほど硬度を増す。手首に食いこむ手錠の拘束感が、被虐の快感をなおさら呼び起こす。

「——ッ！」

そのとき、ぶぅん、と身体の奥から振動が伝わってきた。それが何なのか、一瞬わからなかったが、次の瞬間、前立腺を小刻みに揺さぶられる快感が脳を直撃した。

——動いて……る……っ。

英孝は強く唇を噛みしめた。

膝から力が抜け、まともに立っていられない。大きく電車が揺れた際に、半ば隣の男にもたれかかるような格好になっていた。

身体から漏れ聞こえる音が、肩と肩を接している他の乗客に聞かれそうな気がして、鼷に力がこもる。振動に頭の中まで掻き回されているようだった。

——感じ……る……。

次から次へと身体に送りこまれてくるバイブレーションが、英孝の背筋を甘く溶かす。ぶぅんという振動は常に一定のはずなのに、英孝の体感に合わせて強くなったり、弱くなったりしているようにも感じられた。全身がその振動に溶かされていく。

性器がガチガチに張り詰める。

眉を寄せ、必死でこらえている表情が、他の乗客に不審に思われるということすら、あまり考えられないでいた。これ以上強くされたら耐えられないと思ったとき、その考えを読み取ったかのように、振動が一段と強くなった。

「――っ……！」

ぞくっと甘いうねりが背筋を這い上がり、全身が大きく跳ね上がる。

そのとき、電車がカーブにさしかかり、乗客が大きく動く。英孝も乗客にもたれかかり、崩れかけた身体を立て直すことすらできずにいた。

膝から力が抜けた英孝の腰を、男の逞しい腕が抱きとめるように支える。

男のペニスと英孝のペニスが密着し、電車が揺れるたびに、男の手が英孝の腰をそっと揺すって、残酷な振動を送りこんだ。絶え間なく送りこまれるローターの振動に性器がたまらなく疼き、発情期の犬のように自ら腰を揺らして快感をむさぼることすらした。

自分の浅ましさを恥ずかしいと思う余裕もないほど、快感に思考を奪われる。

――あ……！　もう、イク……！

射精感を覚えたそのとき、英孝の手首から手錠が外された。両方の手を自由にされても、それがどうしてなのか考えることすらできなかった。男の胸にもたれかかり、ぎゅっと目を閉じて、快感に溺《おぼ》れていた。男が身体を少し伸ばしたので薄く目を開くと、網棚に乗せてあった英孝の鞄をつかむところだった。

電車が次の駅につく。

ドアに殺到する乗客と一緒に、男が英孝の腰を抱えたまま動く。ホームに引きずり下ろされそうになった英孝は、一瞬だけ足を踏みしめて逆らおうとした。

だが、それだけで、体内のローターが膝が砕けそうな刺激を送りこんできた。

崩れ落ちそうになった英孝を、男が抱きとめるようにしてホームに引きずり下ろす。男の動きに足を合わせて、どうにか転ばないようにするだけで、精一杯だった。

「は、……っぁ……っ」

ホームに足がついた途端、その場に座りこみそうになったが、背後に続く乗客たちも男も、そんなことは許してはくれなかった。男に腰を抱かれたまま、さらにホームの中央まで運ばれる。

腕を放されて、大きくふらついてからどうにか自分の両足で立った英孝は、ようやく目の前の男の全身を見ることができた。

——え？

胸を衝かれるほど端整な顔立ちをした男だった。長身にまとっているのは、質の良さそうな濃紺のスーツで、金も地位も持ってそうな上、知的な雰囲気がある。したたかで残酷な表情が男の野性味を引き立て、魅入られたように目が離せなくなる。

——何で……？

どうして、これほどまでにいい男が、電車の中で自分に触れてきたのだろうか。

目が合うと、彼は英孝の浅ましい欲望を見抜いたように、目を細めた。その一瞬の表情に魅入られる。男の目の奥には、形容しがたい闇が宿っていた。

だが、視線が絡まったのは一瞬だけで、男は当然のように英孝の手首をつかみ、階段に向かう人々に混じって、引き立てていく。一歩踏み出すたびに英孝は、身体を内側からよがらせるローターの振動に息を呑まずにはいられなかった。

——何で俺は、この手を振り払わないのだろう……？

英孝は靄《もや》のかかったような頭のどこかで思う。

男は改札に向かっているようだ。今なら、この男から逃れられる。だが、英孝は男の手を振りほどくことができない。

その答えは、ローターがもたらす圧倒的な快感にあった。こんなものに屈服してはならない。だが、十年来餓えていた英孝の身体は、このとんでもない行為に刺激され、もっと淫らな刺激を受けることを望んでやまない。

この男についていけば、ずっと求めていたものが与えられる。何も考えられなくなるほどの、圧倒的な快感が欲しい。あとで後悔することはわかっているのに、暴走する欲望は、英孝の理性を麻痺《まひ》させて押し流す。

そして、男に対する未練があった。

これほどまでに魅力的な男が、どうして自分にこんなことをするのか。

さきほど一瞬だけ交わした男の眼差《まなざ》しが、脳裏から消えてくれない。

ここで別れて、これっきりにしたくない。

心と身体とが、男に対する未練を訴えていた。


最終電車がホームから出て行く。

英孝が男と一緒に降りたのは、一度も下車したことのない駅だった。

男は英孝の手を引いたまま自動改札を抜け、英孝も定期で改札を抜ける。

顔が紅潮し、息が乱れ、ふらついていた。酔っぱらいだと思われればいいが、すれ違う人や駅員に、自分のふしだらな状態を見抜かれているようで、ゾクゾクする。

少しでも気を抜くと、ちょっとした段差にもけつまずきそうになってしまう。

駅のすぐそばに、広大な公園が広がっていた。うっそうとした木々が枝を広げ、闇が広がっている。

男はためらいなく、そちらに足を向けた。

歩道橋を上り下りさせられ、その残酷な一段一段が身体の芯まで響く。狭い部分に押しこまれたローターが、足を動かすたびに、飛び上がりそうな刺激を与えてくる。すれ違う人はなく、バイクや車が時折通るだけの深夜の街に、英孝の乱れた息づかいが響いた。

「は、……っぁ、あ……っ」

ようやく公園の入り口にたどり着いたときには、英孝の膝はガクガクと震えていた。

「っ……く……」

耐えかねて、声を発する。

これ以上歩けない。感じすぎて、切羽詰まった状態になっている。痛いほど張り詰めている性器をしごいて、射精して楽になりたい。

「トイレ……に」

公園の入り口に、トイレがあった。灯りの灯《とも》ったそこが、この責め苦から解き放ってくれる唯一の場所のように思えてくる。

だが、男は柔らかいのに強制するような声を発した。

「まだ歩けるだろう?」

その声によって、英孝の中の暗い欲望があぶりだされる。

「っ」

我慢すればするほど、愉悦は増す。おまえの身体はどこまで貪欲《どんよく》になっているのかと、男が英孝を試しているように思えてくる。

目が合うと、男はうっすらと笑った。見とれるほどにハンサムなくせにその目は暗く、何かに餓えているように感じられた。英孝が欲望を満たす相手を見つけられずにいたように、男もずっと相手を探していたのかもしれない。

「ある……ける……」

その目にそのかされるように返答すると、男は言った。

「歩けます、だろう?」

その声にぞくっと鳥肌が立った。

彼が示してくるのは、支配と従属の関係だ。その関係ができてしまうと、英孝は男の命令に従うしかなくなる。

だが、そのことで、より濃密な快感を得られることを英孝は知っていた。

「歩け……ます」

これくらいなら、まだ抵抗が少ない。

口に出すと、ご褒美のように英孝の体内に埋めこまれたローターが強に切り替わった。

「っぐ、ふ……っ」

身体が大きく跳ね上がる。

今までの振動によって溶けきったそこを、痛いくらいの力で掻き回される。淫らな異物の振動が、突っ張った足からコンクリートの地面まで伝わるようだった。小刻みな振動は服すら揺らし、乳首やペニスが衣服に擦れてたまらない快感を広げる。

「っぁ、……っぁあ……っ」

「まだイクな。散歩のための首輪をつけてやる。ペニスを出せ」

英孝はその残酷な命令に震える。男にここで屈服していいのかと、激しい葛藤を覚えた。従えば、ずっと求めていた快感が約束される。だが、拒めば男は英孝を見捨てて去ってしまうかもしれない。

英孝には男としてのプライドがあるし、検事としての立場もある。それを捨てて、肉欲の奴隷になるつもりなのか。

「……く」

唇を強く噛んだ。男についてきた時点で、答えは決まっていたのかもしれない。

英孝は頭が沸騰しそうなほどの興奮を覚えながら、公園の入り口の見通しのいい場所で、自らスーツの前を乱して性器を外に取り出した。横の道には車が滅多に通らなかったが、いつ誰にこの姿を見られるかと思うと、息が詰まりそうだった。

男は低く笑うと、英孝のものと二つ重ねて持っていた鞄の自分のほうを開き、何かを取り出した。英孝の前でかがむと、ペニスの根元に首輪に似た革のベルトを巻きつけてくる。射精寸前だったペニスにぐっと革が食いこみ、ペニスがその刺激にピクンと痙攣して、中から白濁を吐き出そうとした。だが、このように出口をふさがれてしまうと、達することができない。

脳内がショートしそうな快感に、ぶるっと身体が痙攣した。射精する自由を奪われるのと一緒に、心の自由も失われていく感覚があった。

男はペニスのリングに、犬に散歩をさせるときのような紐《ひも》をくくりつけた。凄《すさ》まじく屈辱的で恥ずべき姿にされて、英孝は言葉を失う。

なのに、目も眩むような興奮が英孝の肌を淫らに研ぎ澄ます。ゾクゾクするような感覚に棒立ちになっていると、男が英孝の手首を身体の後ろで、また手錠で拘束した。

「さぁ。散歩の始まりだ。俺がいいというまで、決して足を止めるな。止めたら、あとでお仕置きだ」

お仕置き、という言葉にも煽られ、ぞくっと震えが走る。

「……っ！」

紐を引っ張られ、散歩が始まった。

この姿を誰かに見られるかもしれないと思っただけで、頭が灼ける。

前立腺に押し当てられているローターが、歩くたびにぐりぐりと襞を擦りあげる。この異常な状況に、叫び出しそうだった。

一歩一歩進むたびに射精しそうなほど昂るのに、英孝は男のリードに従って、震える足を動かし続けるしかない。

ローターは残酷なほど機械的に、英孝に悦楽を送り続けていた。前立腺がひどく刺激され、こみあげてくる悦楽を受け流すだけで、精一杯だ。全身を染め上げるもどかしいほどの悦楽に、ひどく息が乱れた。後ろ手に縛られているためにバランスが取りにくく、胸を張ったほうがいいのか、丸めたほうが楽なのかもわからない。

ひたすら蓄積されていく濃厚な快感に、頭が痺れる。

深夜の公園に、人の姿はなかった。だが、夜間閉鎖されているというわけではないらしく、いつ誰に見られるかわからない。物音が聞こえるたびに中のものを強く締めつけ、感じきってしまう。

足を止めることは決して許されず、英孝は男に従って、人気《ひとけ》のない公園の散歩道をふらつきながら歩き続けるしかない。

――達したい。

ペニスがガチガチに硬くなり、蜜で濡れていた。

いつまで、この行為が続くのか。

次第に自分が壊れていくのがわかる。耐えがたい悦楽に身もだえ、歩けなくなり、惨《みじ》めに這いつくばることを待ちわびる自分もいた。踏みにじられたい。何も考えられないほどに。

頭は朦朧《もうろう》とし、発情しきった英孝の身体は低い段差でもふらつく。ついにふっと意識が飛び、転びそうになったのを男が手を伸ばして腰を抱きとめてくれた。

危なげなく支えてくれる力強さに、全てを託したくなる。

「もう歩けないのか？」

強く身体を支えてくれる腕とは裏腹に、男の声には英孝を突き放す冷ややかな響きがあった。

歩ける、と答えたかった。男を失望させたくない。このまま、とことん男の残酷な要求に応《こた》えたい。

だが、身体はとうに限界を越えていた。

「歩け……ません」

口にした途端、体内のローターが激しく暴れだした。

「っぁああ、……っぁ、あ、あ……っ」

英孝は鞭《むち》で打たれたように震え、気がつけば地面に崩れ落ちていた。狂おしいほどの愉悦が、射精を止められた身体の中で苦痛にすり替わっていく。一滴も出すことを許されない性器が限界まで張り詰め、バンドが食いこむジンジンとした痛みが響く。

「は、……っは、……ぁ、あ……っ、い……かせ……っ」

英孝は射精を望むように頬《ほお》を地面に押しつけた。

だが、男は冷ややかに英孝を見下ろし、さきほどの質問を冷酷に繰り返すだけだ。

「歩けないのか?」

自分が歩くと答えるまで、この振動が緩められることはないし、射精が許されることはないのだと、英孝は悟る。

襞を襲う振動は英孝の慣れない身体には激しすぎて、このままではおかしくなりそうだった。立ちあがろうとしても膝が砕け、もがくように身体をよじることしかできない。それでも気を失うことすら許されない快感の嵐の中で、英孝は必死で声を押し出した。

「っ……く!　……歩き…ます……っ」

地面の冷たさと、男に見捨てられそうな不安に混乱しているのか、泣くつもりなどないのに、目の端から涙が一筋、こぼれ落ちた。

体内のローターの振動が少しだけ緩められる。がくがく膝を揺らしながら英孝は立ちあがり、ペニスを男に引っ張られ、淫らな散歩の続きをするしかない。

ペニスにたまった熱が飽和状態で、全身の感度があがりきっていた。

一歩進むたびに体内のローターが容赦なく前立腺をえぐり、声を漏らしそうになる。歯を食いしばる力も失い、唇の端から唾液《だえき》があふれた。

歩けたのは、ほんの数歩だ。

ふらついてそばにあった木に肩をぶつけ、その幹に沿ってずるずると崩れ落ちていた。ペニスが痛くて、ジンジンする。体内にこもる熱が身体中を駆け巡り、ひたすら射精ばかりを望んでしまう。

男の冷ややかな声が降ってきた。

「立て」

犬を引っ立てるようにペニスを引っ張られ、その痛みに負けて再び立ちあがろうとした。だが、足がもつれ、アスファルトの散歩道に肩から倒れこんだ。

腕は後ろで縛られていて、受け身を取ることもできない。顔面を強打することだけは回避したが、肩を打ちつけ、乱れきった荒い息でハァハァとあえぐことしかできない。頬が地面に擦れ、唾液が顔を濡らす。こんなところで這わされ、目も覆いたくなるばかりの痴態をさらけ出している自分の姿に、嫌悪感と屈辱がこみあげてくる。

だが、身体は狂おしいほどに発情していた。身体の自由を奪われ、男のなすがままにされるしかないという状況に、被虐的な快感が満ちる。濃い欲望が身体をいぶし、この後、どんなことをされるのかという興奮に呼吸が浅くなる。

その前で、男がペニスにつながっていた紐を投げ捨てた。

「これくらいで、降参か」

男が地面に英孝の鞄を置き、その上に手錠の鍵を乗せた。英孝のほうは見ようとしないまま、立ち去ってしまいそうな気配を見せた。

――え?

英孝は目を見張る。これでゲームは終わり、ということなのだろうか。自分では、男のパートナーとしては不足だったのか。

この苦しみから解き放たれるという安堵《あんど》よりも、見捨てられた悲しみに息が詰まる。鼓動が乱れ、葛藤に身体が震える。

まだゲームを終わらせることはできない。餓えた英孝の心と身体が、男にもっと残酷にもてあそばれることを望んでやまない。

背を向けようとした男に向かって、英孝はかすれた声を発した。

「待て…ください…っ！」

英孝は身体をねじり、上体をできるだけ起こして男をすがるように見あげる。

男が立ち止まり、冷徹な視線を英孝に向けた。

「何だ」

「……その……」

こんなとき、どう訴えたらいいのかわからなくて、英孝はカラカラになった唇を湿らす。

「俺の奴隷になりたいのか？」

蔑《さげす》むような目と侮蔑《ぶべつ》的な言葉を浴びせかけられ、英孝のプライドが軋む。だが、男の視線にさらされただけで、より貶《おとし》められたくなる。

——踏みにじられたい。

惨めに犯されるだけの存在になりたい。

心とは裏腹の倒錯した欲望が、英孝の血を沸騰させる。

淫蕩な性癖を暴かれ、何一つ抵抗できず、痴態をさらす自分を想像するだけで、そのいたたまれなさが快感にすり替わる。男に犯されたい。

「は……い」

うなずき、英孝は頭を垂れた。

自分が検事であるということも、ここが外であるといったことも頭から吹き飛んでいた。惨めな姿をさらせばさらすほどに、おぞましい愉悦が頭を灼いていく。

「服従のキスを」

男の靴が、英孝の顔の前に差し出された。

質のいいコードバンの紳士靴だ。真新しいその靴が、男の裕福さを伝えてきた。

英孝は膝で進み、男の靴に顔を寄せる。

頭が痺れ、全身に戦慄《せんりつ》が伝わり、ひざまずく自分の姿の惨めさに心臓が破れそうに鳴り響く。

見知らぬ男だからこそ、できたことかもしれない。知っている相手だったら、いくら欲望に衝き動かされたとはいえ、さすがにこんなことはできなかっただろう。

「はっ、……はっ、は……っぁ」

靴に唇が触れるまでの間が、とんでもなく長く感じられた。

動物のような荒い吐息が、唇から漏れた。この自分が、誰よりも優秀と称され、地検で暴力団構成員にも臆さずに渡り合っている検事が、見知らぬ男に屈服させられている。

そのことが英孝を、たまらなく昂らせる。背後に拘束された手首に力がこもる。

唇が男の靴に触れた途端、頭が真っ白になった。

状況的に放出は不可能だったものの、絶頂に達していたのかもしれない。

射精の快感が全身を紅く染め、ざわりと襞が蠢き、ローターを食い締める。くぐもったうめき声が漏れた。ぽたぽたと涎《よだれ》が、地面に落ちる。

「イったのか」

うずくまったまま小刻みに震える英孝に、主人然とした男の冷ややかな声が投げかけられた。

「淫らだな。おまえのように、淫らな男は初めてだ。誰に調教された？　見知らぬ男にひざまずくなんて、恥ずかしいとは思わないのか？」

侮蔑を含んだ男の声に一段と羞恥が掻き立てられた。男は英孝の上体をあげさせ、キスした靴を英孝のペニスに乗せた。ぐっと重みをかけてきた。

「っぁ、……っぁああ、……っぁ、……！」

痛みと快感に、ガクガクと身体が揺れた。踏みにじられるたびに、脳が灼ける。ローターの振動がむごく身体を突き抜け、理性でコントロールできないほどの激しいうねりが容赦なく襲いかかってくる。

唇が解け、悲鳴が吹きこぼれた。度を超えた刺激が、英孝の意識を混濁させていく。

射精を伴わない強烈な絶頂に、意識が薄れていく。

気がついたときには、英孝は公園の芝生の上に一人で横たわっていた。

身じろぐと鞄を枕にしているのがわかる。身体が鉛のように重く、頭の中もぼんやりしていて、すぐには状況がつかめない。

——ここはどこだ？

見回した視界に映る木々の暗闇にゾッとして、意識を失う前までの出来事を思い出した。芝生に腕を突っ張って上体を起こす。

服は乱れたままだったが、スーツの上着があられもない部分を隠すようにかけられていた。まずは自分の身なりを確認した。

手錠も、ペニスの拘束も外されていたが、その跡が身体に赤く残っている。

下肢が重く、ローターでたっぷり掻き回された後孔にはまだ何か入っているような感覚が宿っていた。近くに男の姿はなく、見回すかぎり公園に人の気配もない。

英孝はすぐには立ちあがることができず、腰の重苦しさに低くうめいた。

男の奴隷になることを誓い、その靴にキスしたことを思い出すと、叫び出したいような気分になる。

——何で、俺はあのようなことを。

身体の熱が冷めてしまえば、何故あのようなことをしてしまったのかと、後悔ばかりが増す。

痴漢されてそれを阻止できなかったのはまだしも、男に手を引かれて外に連れ出されたとき、なぜ拒まなかったのだろうか。あまりにも弱すぎる自制心に、苦々しさがつのる。能登と別れてからひたすら、自分を抑えてきたはずなのに。

続けざまに蘇ってくる醜悪な記憶を振り切るように軽く首を振り、英孝は服装を整え、ネクタイを結び直した。

動きたくないくらい億劫《おっくう》だったが、いつまでもこんなところにいるわけにはいかない。

まるで悪い夢でも見ていたようだ。だが身体に残る感覚が、まぎれもなくあれは現実だと告げていた。

現在時刻を確かめるために、鞄の中の携帯を引っ張り出そうとする。そのとき、鞄の蓋部分に挟まれていたメモ用紙に気づいた。

〇九〇で始まる番号が記されている。あの男の携帯番号だろうか。

一度きりで終わりではなく、英孝のほうから連絡してこいと言うつもりなのだろうか。

そんなことをするはずがない。今回はフラフラと誘惑に負けてしまったのか、二度とあのような関係は結ばない。英孝のほうからお願いして、惨めにもてあそばれることを望むなんてあるはずがない。

だけど、一方で強い欲望に駆られたとき、連絡してしまいそうな不安もあった。英孝の中には、制御できない獣がいる。どんなに封じこめようとしても、機会が与えられればそれは強欲に快楽をむさぼり、身体の支配権を奪う。

英孝はそうならないようにすぐさまその紙を引き裂く。

だが、最後に紙片を芝生にばらまこうとしたときに動きを止める。

ゴミを散らかしてはならないという気持ちもあったが、もしかしたら自分はそう遠くない将来に、このメモを捨てたことをたまらなく後悔する予感があったからだ。

――バカな。

そんなことがあるはずがない。あれだけ一方的に嬲《なぶ》られたのに、屈服されることを望むなどあり得ない。

——二度とあの男に会うことはないはずだ。

会ってはならないと、英孝は自分に強く言い聞かせる。

立ち上がって近くにあったゴミ箱に紙片を捨て、鉛のように重い身体を引きずって、タクシーが拾える通りに出るために公園を歩き始めた。

何も考えまいとしているのに、周囲の風景が行きの記憶を蘇らせる。

男に連れられて淫らな行為に耽《ふけ》っていた最中、一歩一歩がどれだけつらく、甘い悦びを呼び起こしたかがまざまざと思い出され、唇が乾き、喉《のど》の渇きを覚えた。すでに男の携帯番号の書かれたメモを捨てたことを後悔していた。

『俺の奴隷になりたいのか?』

男の声が鮮明に思い出され、身体が奥のほうから痺れていく。

足元に、ぽっかりと底の見えない深淵が口を開いているような気がした。

だけど、英孝は検事だ。

決して世間から後ろ指を差されるような趣味を持ってはならないし、誰かにつけこまれるような弱味があってはならない。

そんなことはわかっているはずなのに、検事という立場を捨て、欲望のままにふるまいたい気持ちも、頭のどこかに存在しているのだ。

男によって叩きこまれた悦楽が、頭から離れない。次に会うことがあったら、どんなとんでもないことをされるのだろうか。

期待する気持ちは確かに英孝の中に存在するのに、男とつながるメモは捨ててしまった後だった。

〔二〕

週末の二連休は、英孝にとってはさんざんだった。

いろいろ予定していたことがあったはずなのに、本を読んでいても部屋を整理していても、男との淫らな行為の記憶がことあるたびに蘇る。

さかりのついた思春期のガキのように、気がつけば手が下肢に伸びていた。一度か二度抜いたぐらいではどうにもならず、男に犯されることを妄想して自慰にふける自分に吐き気がした。

週明けの月曜日。

英孝は早めに出庁し、資料に目を通して、今日の仕事に備える。

だが、取り調べが始まってからも、どうしても調子が出なかった。

集中力が欠けているのかもしれない。相手の目の動きや、さりげない態度から被疑者の心を探るのは、なかなか難しい作業だ。駆け引きは空回りし、時間を浪費するだけの結果で終わる。

午前中の取り調べが一段落し、事務官の宮田と二人きりになってから、英孝は革張りの椅子に深くもたれかかって、全身の力を抜いた。

「今日はダメだ、……何だか」

そのぼやきに、宮田が応じた。

「優秀な河原崎検事でも、調子が悪いことがあるんですね」

検事と事務官は、二人セットになって取り調べを行う。事務官は口述した調書をパソコンに入力したり、ファイルの必要な部分をコピーしたり、秘書のように細々とサポートをしてくれる。

良くも悪くも個性的なタイプの多い検事に合わせる事務官は苦労人が多く、宮田も英孝の性格を把握して、上手に付き合ってくれる。

宮田は二児の良き父親だった。朝から剣呑《けんのん》な表情をしていた英孝とは対照的に、にこにこしていたから、週末はさぞかしいい家族サービスができたのだろう。

集中できない理由は、何より英孝自身がよくわかっていた。あの男のせいだ。自慰をしすぎたせいか、身体がだるく、イライラする。仕事とプライベートは完全に区別するつもりだったのに、まだあの出来事を引きずっている自分自身に腹が立つ。

「休憩にしよう」

英孝は宮田に告げると、机の上のファイルを片付けて立ちあがった。

もうじき昼の休憩だが、まるで空腹は感じない。

コーヒーでも飲んで頭をすっきりさせようと部屋を出ようとしたとき、机の上の内線が鳴った。

足を止めると、その電話に出た宮田が英孝を呼び止めた。

「榎本の弁護士が、検事に面会を要求しているようです」

「――ああ。そうか。そうだった」

忘れていた。

朝、そんな電話が入っていたのだ。

すぐに通してくれと宮田に伝え、英孝は机に戻る。

──弓狩次席が厄介な弁護士だと言っていたような……。

考えながら椅子に座ったとき、宮田が楽しげにつぶやいた。

「いよいよ、伝説の弁護士と対決ですね」

「伝説だと？」

「ご存じありませんか？　私も転勤組ですから、当時はここにいなくてよく知らないんですが、暴力団と関わりの深い遠野《とおの》弁護士という方がいて、地検内で伝説になってる……」

「詳しく話せ」

英孝は身を乗り出して、要求した。

電話があった受付からこの執務室のある本館三階まで上がってくるには、多少の時間がかかる。その間に、話ができるはずだ。

宮田はドアのほうを気にしながら、話し始めた。

「ことの起こりは、四年ほど前だそうです。新宿で、指定暴力団の若里《わかさと》組の構成員が殺害される事件が起こりました。若里組と抗争中だった相模原組の幹部が逮捕され、警察も地検も彼が本星だとにらんでいたそうです。ですが、その幹部の弁護を引き受けたのが、伝説の遠野弁護士でした。裁判になったとき、彼は証拠の不備や目撃者の供述の信用性をずばずばと指摘し、奇跡と言われる無罪判決を勝ち取ったそうです。しかも、その遠野弁護士の指摘によって、真犯人が逮捕されるというおまけがついたとか」

そんな事件があったのかと、英孝は目を見張る。

この日本において、起訴された刑事事件の有罪率は、現在、九十九パーセントを超えて限りなく百パーセントに近い。つまり、無罪という判決はまず出ない。あくまでも確実な事件を起訴するわけだ。そんな状況において、無罪判決を勝ち取った遠野は敏腕に違いないだろうし、地検のほうとしても暴力団関係の裁判ならたいてい勝てるという驕《おご》りがあったのだろう。

当時の東京地検にとっては、寝耳に水の屈辱的な敗北に違いない。弓狩も英孝も四年前には別の地検にいたが、弓狩のほうはその事件について知っていて、二度とそのような判決が出ないようにしたいと思ったのだろう。だからこそ、榎本の事件を気にしていたのだ。

当時岡山地検にいた英孝も、思い出してみれば、この事件について耳にしたことがあったような気がする。そんなぼんくらな調査をしたのはどこのアホな検事だと鼻で笑って、すぐに忘れてしまったが。

宮田の話によると、その裁判以外にも、遠野は何件か、暴力団がらみの厄介な事件に勝訴したことがあるそうだ。

——暴力団の顧問弁護士ということか。

英孝は警戒に眉を寄せた。

刑事裁判においては、基本的人権において法の下の平等が定められており、どんな凶悪犯でも暴力団構成員でも弁護士がつく。そのこと自体を英孝は否定するつもりはないし、権利を尊重するつもりはある。

だが、暴力団とすすんで関係を持ちたがるような弁護士となると、話は別だ。

普通の弁護士なら、暴力団関係の仕事を引き受けたがらない。一度彼らを顧客にすると、一般の企業や個人が敬遠するからだ。その結果、やたらと暴力団関係の仕事ばかりを引き受けることとなり、なおさら黒いイメージが定着する。

それをあえて引き受けている遠野弁護士というのは、金さえ積めば黒を白と言いくるめるような悪徳弁護士ではないだろうか。

そんな弁護士と、これから対面することとなる。

榎本の事件に対して、遠野は何を言ってくるつもりだろうか。気を引きしめて対応しなければならない相手かもしれない。

そのとき、軽くドアがノックされた。

榎本のファイルを机の上に置いた英孝は、そちらに顔を向ける。入ってきた遠野の姿が目に入った途端、顔から血の気が引いていくのがわかった。

黒のスーツを着こなした逞しい長身に、知的で端整な顔立ち。

金曜日の深夜、電車の中から英孝を連れ出し、公園に連れて行ったまさにその男が立っていた。

一瞬、何であの男がここにいるのだろうと、パニックに陥りそうになる。机に置いた手が小刻みに震えだしそうになり、宮田にそれを気取られないように、拳《こぶし》をぐっと握りしめた。

「遠野弁護士でしょうか?」

押し殺した声で尋ねると、彼はうなずいて英孝にまっすぐ視線を向けた。

「ええ。遠野です」

鷹《たか》のように鋭いその目が、正面から英孝を射貫く。冷徹で非情であり、支配者めいた威圧感を持った彼は、初対面のはずのこの時点から、完全に優位に立っていた。

——これは……どういうことだ？

あってはならない展開だった。遠野は英孝が榎本の事件の担当検事だということを承知の上で、電車の中であのようなことを仕掛けたのだろうか。

叫び出したいようなパニックに陥りそうになったが、英孝は懸命に自分を抑える。

だが、榎本の事件はそこまでの裏取引が必要な案件だとは思えない。何が目当てなのかわからなくて、冷や汗が吹き出す。これからの話を他人に聞かせたくなくて、思わず宮田のほうに顔を向けた。

しかし、そんな目の動きを遠野が観察していることに気づき、身動きが取れなくなる。人払いなどしたら、あれは自分にとっての弱味だと暴露するも同然だと思い直し、英孝は椅子に座り直した。

それでも心は、荒れ狂う嵐の中にあった。

この出会いが偶然ではない証拠に、遠野の唇にはしたたかな笑みが浮かべられている。英孝がどう出るつもりか、余裕で見守っているふうに思えた。

遠野は落ち着き払ったそぶりで、英孝の向かいの椅子に座った。

長い足を組み、手を膝の上に重ねて悠然とかまえる。

現れただけで、この部屋の空気が変わっていた。彼のほうがこの部屋の主のような存在感すら漂わせていた。

「榎本の件で、相談したいことがある」

会話の主導権も奪い取られて、不快感に英孝は眉を寄せた。

その唇から放たれる男らしい声は、あの夜と同じ響きを宿していた。声を耳にしているだけで身体が震え、甘い痺れが下腹部から広がっていく。たった二回で身体に服従を叩きこまれたことを悟りつつ、英孝はきつい目で遠野をにらみつけた。

——負けられない。

遠野が伝説の弁護士なら、英孝だって地検にその人ありと認められている検事だ。不当な要求に応じるわけにはいかない。

宮田は存在感のある弁護士に完全に魅了されたように、その姿に視線を注いでいた。だからこそ、英孝の異変には全く気づかずにいるらしい。

英孝は息を吸いこみ、普通の被疑者なら震えあがるような氷の声で遠野に応じた。

「相談とは、どういう内容でしょうか」

普段から英孝は愛想のいいほうではなかったがその比ではなく、不機嫌剥きだしの声になっていた。さすがにそれには宮田も気づいたらしく、目を丸くして今度は英孝のほうを見る。何が起こったのか把握できないようだ。

だが、遠野はむしろ、そんな英孝の態度を楽しんでいるらしい。

引きこまれそうな深い色の瞳を、ピタリと英孝に据えた。

「榎本と話をした。車を蹴ったのは認めるが、運転手を殴るつもりはなかったそうだ。たまたま振りあげた手が、運悪く運転手にあたってしまっただけだと主張している。つまり本件は、被害者にあたって負傷させる危険までを予想できずに腕を振りあげてしまった過失によるものであって、故意ではない」

——何だと？

英孝は鼻で笑った。

「そんなふざけた言い訳が、裁判で通用すると思いますか？」

「こちらとしては過失傷害罪を主張するつもりだが」

——過失傷害罪だと？

予想もしていなかった展開に、英孝は一瞬、虚を突かれた。

英孝は暴行罪で榎本を起訴しようと考えていた。傷害過失罪は、暴行罪よりもずっと罪が軽い。振りあげた手がたまたまあたっただなんて、そんな詭弁《きべん》が通用するはずがない。そんな英孝に、遠野は言葉を重ねた。

「榎本は被害者に対して、誠意を持ってこの問題を解決すると固く誓っている。また、二度とこのようなあやまちを起こさないように、俺のほうも十分に注意するつもりだ。被害者に対しては、誠心誠意謝罪するし、もちろん示談書や嘆願書も取るつもりだ」

遠野の意図が、英孝には今ひとつ呑みこめなかった。

一般の人間なら、当事者同士で和解が成立すれば、起訴猶予となる場合が多い。だが、暴力団構成員に関しては、示談書も嘆願書も全く意味がないことぐらい、遠野ならわかっているはずだ。

「示談書や嘆願書に、意味があると思っているのでしょうか」

遠野の本意がどこにあるのか探りを入れてみると、彼は何か企みでもあるかのように、口元を緩めた。

「意味がないと思うか？　どうしても榎本は、外に出たいそうだ。そのためには、どんな手でも使って欲しいと依頼されている」

「どうしても……？」

英孝には、そこが引っかかる。やたらと榎本は外に出たがっていた。

「外に出たがる理由とは、どのようなものでしょうか」

遠野は甘い笑みを浮かべた。

「榎本には娘がいてな。その娘の誕生日を、一緒に祝うと約束したそうだ。だから、その日までには必ず娑婆《しゃば》に出なくてはならないと言っている」

——何だと？

まさかあの榎本にファミリーパパのような事情があり得るのかと、英孝は動きを止める。その真偽について検討しようときつく眉を寄せたとき、ぷっと横で宮田が吹き出した。

その宮田の反応によってからかわれていると気づいた英孝は、とっさに机を叩いて怒鳴っていた。

「ふざけるな！　いい加減にしろ！」

遠野は笑って、椅子から立ちあがった。

「まぁ、今日は初顔合わせだ。おまえの顔をここで見られて、良かった。いずれ、落ち着いて話をしよう」

遠野は意味ありげな強い視線を英孝に残し、思い出したかのように、英孝の机に名刺を一枚、置いて去っていった。


遠野が出て行ってからも、英孝はドアをにらみ据えたまま動けなかった。

そんな英孝とは対照的に、宮田はお喋りになっていた。

「なんていうか、……伝説の弁護士というから、どんなコワモテかと思いきや、あんなにハンサムで若い男だなんて、思いもしませんでした。あれじゃあ、うちの女性が騒ぐわけだ」

検察庁の女性職員の間では、遠野は大人気だということなのだろう。宮田の表情も、まるで憧れでもいるように夢見心地だった。だが、ハッとしたように部屋の時計を見る。

すでに正午を過ぎていた。

「あっ。ちょっと、食事してきますね」

午後の取り調べ開始の時間は決まっているから、食事をするにはこの時間しかない。

宮田はあたふたと消えた。事務官用の大部屋で、同僚たちと今見た遠野弁護士について、いろいろな噂話をするつもりなのだろう。残された英孝は食堂に向かう気にもなれず、机に残って両肘をつき、むっつりと考えこんだ。

――あの男は、……何をするつもりなんだ？

暴行罪を過失傷害にして、榎本をすぐにでも釈放させたいようだが、そんな無茶な芸当ができるというのなら、やってみるといい。

通常の方法なら不可能だと考えたとき、不意に不安を覚えた。

――まさか、俺に不正をさせるつもりで、近づいてきたのか？

裁判で正々堂々と戦うつもりなら、あんな行為で英孝の弱味を握る必要がない。愚劣な脅しでもかけて、要求を通すつもりなのだろうか。

だが、初犯のウブな青年ならともかく、百戦錬磨の榎本が数年の懲役を怖れているとも思えない。何でそこまでして榎本を外に出す必要があるのかわからない。

英孝は残された名刺を指先でもてあそびながら、イライラと考えこむ。

そのとき、机の電話が鳴った。外線だ。

出ると、甘い男の声がした。

『河原崎検事を』

「私ですが」

『英孝か？』

名を呼ばれて、英孝の目に剣呑な光が宿る。遠野からだった。

「馴れ馴れしく名を呼ぶな。よくもぬけぬけと、俺の前に姿を見せられたもんだな」

脅すように言ってやると、遠野はくぐもった笑い声を漏らした。その笑い声に刺激されて不機嫌になった英孝は、一番の問題を突きつけた。

「どういうことだ。俺のことを事前に知っていたのか」

偶然であるはずがない。

遠野の意図が読み取れないかぎりは警戒を解くことはできないし、いつあの秘密を暴露されるのかと考えただけで肝が冷える。

だが、遠野は電話で詳しい話をするつもりはないようだ。

『落ち着いて、どこかで話をしよう』

「俺はおまえとする話などない」

遠野と二人きりで顔を合わせると考えただけで、怖くなる。身体に叩きこまれた苦くて甘い屈従の記憶が蘇る。

またあのようなことになったら、自分はいったいどこまで誘惑にあらがうことができるのか、自信がなかった。

だが、遠野は一方的に告げた。

『俺の新宿の事務所。——今日の、……そうだな。午後十時以降なら空いてる』

「行くなんて言ってない」

あくまでも勝手なペースで話を進める遠野に対して突っぱねるつもりで口にすると、遠野の声が潜められた。

『おまえの携帯メールのアドレスがわからないのが残念だ。わかっていれば、今すぐにでも刺激的な写真を送ってやれたのに。俺がこれを職場のメアドに送る気にならないうちに、姿を現せ』

——刺激的な写真だと？

問い返す間もなく、電話は切れていた。

遠野が残した言葉が、英孝の胸に波紋を広げる。

関係を持ったときの映像を、遠野は持っているのだろうか。

最後には意識を失っていたほどだし、最中もかなり朦朧としていた。その気になれば、シャッターチャンスはいくらでもあるだろう。

今夜の十時以降に英孝が新宿の事務所に行かなければ、遠野は自分が持っているその写真を、検察庁の公式なメアドに送ると脅してきたのだ。自分の淫らな姿を、職場の職員が目にすると考えただけで、血が凍る。じっとしていられないほどの恐怖と焦燥がこみあげてくる。

何より英孝自身が、自分の性癖を深く恥じていた。ペニスに首輪をつけられ、体内にローターを入れられて、犬のように散歩させられた。悦楽に満たされていたときの自分が、どんな顔をしてあえいでいたかなど、考えたくもない。

英孝の遠野の名刺を握りつぶす手が震えていた。

無視してやりたい。こんな愚劣な脅しに負けるわけにはいかない。

公開するつもりなら、すればいい。こんなことに負けはしない。だが、画像のことを考えると、震えが止まらなくなる。

心は揺れ、葛藤に強く唇を噛んだ。

強くありたいと願っていた。正しくありたい、と。

国家権力を行使する立場にあっても、それを濫用することはしたくない。不正に目をつぶることはできないし、組織に迎合するようなこともできない。一度の裏切りすら犯せない。

だが、行かなければ遠野が何をしでかすのかわからず、怖くてたまらない。

――行くだけだ。

英孝はそう考えることにした。

遠野の事務所には足を運んでやるが、そこでどんな要求を切り出されたとしても、絶対に呑むようなことはしない。

検事としての倫理にもとるような行動は決して取らない。

その気になったら刺し違えてでも、遠野に従うつもりはなかった。


検事庁には一応、定時はあったが、最長二十一日という勾留期限内に全ての調査と取り調べを終了させせて、起訴・不起訴・起訴猶予という判断を下さなければならない検事にとっては、到底、定時で全てを終えられるものではなかった。

それでも、その日はどうにか午後九時までに仕事を終了させせて、英孝は新宿にある遠野の弁護士事務所に向かった。

わざとらしく名刺を置いていったのは、乗りこんできたあのときから英孝を呼び出すつもりだったに違いない。

遠野の事務所があるのは、新宿の歌舞伎町《かぶきちょう》の一角にある、高層マンションの一室だった。

磨きこまれたエントランスの内装の鏡に、英孝の不機嫌そのものの顔が映る。

一等地にあるだけでなく、とんでもなく贅沢《ぜいたく》な造りをしていた。この不景気でも金はあるところにあり、このマンションもかなりの金額で売買されているのだろう。

遠野の部屋番号を押してセキュリティロックを解除してもらい、事務所のある十階までエレベーターで上っていく。エレベーターは何基もあって、各戸ごとのプライバシーとセキュリティが重視された造りになっているようだ。誰ともすれ違うことはなかった。

一戸建てのようなエントランスを通り抜けると、秘書室らしき部屋があり、その奥にあるのが、遠野の執務室だった。

夜景が望める部屋はハッとするほどの広さがあり、オーク材の重厚な机とキャビネットが据えられ、応接セットが窓のそばにある。イタリア製らしい洒落《しゃれ》たソファに座る顧客は、暴力団関係者ばかりだろうか。

そうでなければ、見るからに金のかかっていそうなこんな事務所を維持できるとも思えない。

「豪勢なものだな」

見せつけられた金の力に不信感がつのり、毒をたっぷりこめて言ってやったのに、遠野は大きな机の向こうでパソコンのディスプレイから目を離さず、キーボードを叩きながら、平然と返してきた。

「おかげさまでな。あと五分待て」

言われて、英孝は腕時計を見る。

約束の十時の五分前だった。時間前に来てしまった自分に居心地の悪さを覚え、英孝は窓側のソファに深々と身体を沈めた。

ソファは上質すぎて、逆に落ち着かない。

大きな窓から見える歌舞伎町は、まだ宵《よい》の口だった。窓の下を斜めに靖国《やすくに》通りがはしり、タクシーや車のバックライトが真っ赤に連なって見えた。

見るとはなしに夜景を眺めていると、しばらくして遠野が向かいにやってきた。

英孝はソファの中で身体を強《こわ》ばらせる。

この男と顔を合わせただけで気圧《けお》されるのを感じるが、思うがままに操られるわけにはいかない。

鋭い視線で遠野を捕らえ、一歩も引かないつもりで切り出した。

「地検では腹を割った話ができなかったが、おまえの目的は何だ？　あの件で俺を脅すつもりかもしれないが、裏取引など不可能だ。検事としての仕事は、全て上司の決裁のもとに進められている。榎本を不起訴にしたいと俺が考えたとしても、納得できる理由がなければ、上司が決裁しない」

まずは、自分に何かを要求しても無駄だと思わせておく。

だが、遠野はまるで英孝の言葉を信じていないように、声を出さずに笑った。

地検で会ったときよりも、この男の雰囲気は剣呑だ。

いかにも歌舞伎町の夜が似合う男だ。

どれだけ英孝が不機嫌な表情を浮かべようと、その抵抗すら楽しくてたまらないとばかりに、獰猛《どうもう》に目を輝かせていた。

暴力団関係者を相手に日々渡り歩いているせいか、遠野にはただならぬ落ち着きと度胸が備わっており、弁護士ではなく、暴力団の幹部だと思われても信じそうだ。

「俺の前に現れた目的は何だ」

その目に見つめられただけで落ち着かなくなって、英孝は重ねて聞く。大勢の被疑者を相手に取り調べをしてきたが、これだけ緊張させられる男は初めてだ。

遠野の唇が、にぃっと笑みを形作った。

「電車の中では、おまえに軽く挨拶《あいさつ》するだけのつもりだった。東大法学部首席、司法試験においてもトップという『ダブルクラウン』を成し遂げ、上司である弓狩次席検事の一番のお気に入り」

——何だと？

身辺調査されたような不愉快さが、英孝の背にべったりと張りついた。

部外者のはずの遠野が、どうして地検の人間関係まで把握しているのだろうか。

しかし、弓狩次席検事のお気に入りという情報は間違っている。

英孝は上司にとっては、目障りな存在なはずだ。

飲み会やゴルフに誘われても、一度も応じたことはない。職場の人間関係は面倒なものでしかなく、地検内のくだらない権力抗争に巻きこまれるのも面倒で、社会人になってからというもの、付き合い酒には数えるほどしか行ったことがない。どの地検においても孤立し、偏屈な変わり者として通ってきた。

油断なく遠野を見据えながら、英孝は不機嫌そのものの声で言う。

「おまえにとっての挨拶は、電車で痴漢することか」

遠野は長い足を高く組み、のうのうと答えた。

「おまえのように見目麗しく、お堅い風情の男が、本当にドMなのか、確かめてみたかっただけだ。あんなに乗ってくるとは、思わなかったよ。だが、まさしく能登の言っていたような男だった」

――能登だと……っ！

遠野の口から漏れた名に、英孝は息を呑んだ。

英孝に淫らな悦びを教えこんだ元家庭教師と、遠野はどこで知り合い、どんな会話を交わしたのだろうか。

あれから能登とは会うことはなく、今、どこでどんな仕事をしているかなど、まるで知らない。

能登の名が出たことで、遠野が周到な準備をして自分に近づいてきたことを覚る。ひたすら隠しておきたかったことを暴いて、遠野は何をするつもりなのだろう。

自分を覆っていた鎧《よろい》を剝ぎ取られ、素っ裸にされていくような不安がつのった。

「気になるか、能登のことか」

こんな男のペースに乗せられてなるものかと、英孝は警戒を深める。

「あんな男など、とうに忘れた。会うつもりもない」

「つれないな。能登はおまえに、ひどく会いたがっていたのに」

遠野との間にはローテーブルがあり、遠野はまるで身体の位置を変えていなかったが、すぐそばに肉薄されているような息苦しさを覚えた。

「何故能登を知ってる？　能登は犯罪でも犯したのか？」

「能登は相模原組の末端組織で、チャチな売人をしているよ。その売人仲間がパクられたので、能登が怯えてここに飛びこんできた。能登に話を聞いていたとき、机の端に乗せてあったおまえの写真に気づいたんだ。知り合いかと聞いて水を向けたら、ベラベラと自慢そうに、知りたいことはみんな話してくれた」

英孝の知っていたころの能登は一流大学に通い、司法試験を目指す優秀な大学生だった。合格したかどうかは知らないが、麻薬の売人まで身を持ち崩すからには、何らかの挫折《ざせつ》があったのだろうか。だが、無節操なほど性の快感を求める能登の性癖からすれば、麻薬に手を出すまでは当然の成り行きだったのかもしれない。

「会いたいか、能登に」

英孝は即座に答えた。

「二度と会いたくない」

かすかな胸の痛みとともに吐き出すと、遠野がくくっと喉を鳴らした。

「そうか？　だが、ずいぶんと男に餓えてるようだ。あいつがおまえに何もかも仕込んだと言っていたが、本当か」

「黙れ」

英孝は強い口調で遮った。

だが、遠野と相対しているだけで、次第に余裕が失われていく。

鼓動が乱れ、口の中がカラカラだった。

どんな性癖を持っていようとも、法に触れる行動さえしなければ、それ自体は罪ではない。だが、英孝は自分の性癖をひどく恥じていた。自分があれほどまでに快楽に弱く、誰かに踏みにじられ、従属させられることを望んでいることを認められない。それを職場の人間に知られると想像しただけで、いたたまれなさに心が灼ききれそうになる。

「おまえは、俺の奴隷になると約束した。欲しがるものを与えてやろう」

そんな甘い誘いは、罠に決まっている。

その手に全てを委ねたら、渇望だけは満たされる。だが、その代償として、英孝は検事としてのプライドを売り渡すことになる。そのはずだ。おそらく、遠野はそれが目当てで英孝に近づいてきたのだから。

「あんな約束など無効だ。おまえになど、誰が従うものか……！」

平然と、したたかにふるまいたい。

遠野に気圧されているところなど、見せたくない。

だが、英孝は明らかに平常心を失い、動揺していた。かすかに指が震え、全身が硬直している。そんな自覚があるだけにますます英孝は追い詰められていく。

そんな英孝の態度に煽られたように、遠野がソファから立ち上がった。

近づいてくる遠野から逃げなければいけないとわかっている。だが、英孝は凍りついたように動くことができない。

英孝の前で屈《かが》みこんだ遠野が、手を伸ばしてあごに触れてくる。その感触にびくっと大きく身体がすくみ上がり、英孝は呪縛《じゅばく》から解けてあわてて立ち上がった。

怯えた態度など見せたくないのに、脱兎《だっと》のように逃げ出そうとした。だが、天井から床まである大きな窓の前で追い詰められて肩が触れ、身体の向きを変えようとした瞬間、顔の左右に遠野の腕が伸ばされた。

遠野の吐息が頬をかすめる。

「約束を破るつもりか？　そんな奴隷には、罰を与えてやらなければならない。どんなお仕置きが好みだ？」

餓えた獣の眼差しに刺激されて、強い劣情が英孝の身体を熱くする。この淫らな衝動に身を委ねてしまえば、ずっと欲しかったものが手に入る。公園で這いつくばり、遠野の靴にキスをしたときの神経が灼ききれそうな興奮からどうしても逃れられず、全身が疼きだす。

だが、英孝はそんな自分を嫌悪した。

――冗談ではない……！

英孝はぐっと腕を突っ張って、遠野の胸を押し返した。

「離せ！」

怯むことも臆すこともない、強い目で遠野を見据える。

遠野の目から獣の光が消え、代わりに面白がるような笑みが浮かぶ。

英孝は顔を背けると、振り返りもせずに事務所から逃げ出した。

「逃げられると思うな」

その背に、遠野の声が投げかけられた。

足は止めなかったが、その言葉が全身にからみつき、背筋が凍りつくような感覚が消えない。

——遠野はこれくらいでは諦めない。

そんな確信が、どこかにあった。

あのろくでもない男に、すでに喉笛に食らいつかれたような感覚があった。遠野が牙《きば》に力を入れたら、簡単に英孝の息の根は止められる。

そうしないのは、遠野が自分をもてあそんでいるからだ。

英孝は震える拳に、ぎゅっと力をこめる。

今まで着々と築き上げていた検事としてのキャリアが、遠野によって崩壊させられそうな恐怖は消えそうになかった。


遠野からそれから、何も連絡も入らなかったが、どんな報復をされるのか気が気ではなく、ずっと神経が張り詰めたままだ。

遠野は英孝の、恥ずかしい画像を持っている。最初からそれをネタにして英孝を脅すつもりだとしたら、確実に存在するだろう。それを使えば、どんな嫌がらせでもできる。検察庁のメアドに送りつけるだけではなく、ネットに流出させたり、プリントアウトして自宅周辺に貼りつけたり、職場に送りつけるようなことも可能だ。あの画像が他人の目にさらされたら、その時点で英孝の全ては崩壊するだろう。

そこまで下卑な男ではないと思いたいが、遠野という男をよく知っているわけではない。ストーカー被害についての案件も扱ったことがあるだけに、その手の具体的な嫌がらせの方法は、まざまざと頭に思い浮かんだ。

薄氷を踏むような感覚が、いつまでも消えない。

職場に届く郵便物に過敏になり、どこかから同僚たちが騒ぐ声が聞こえると、自分に関する秘密が発見されたのではないかと全身が硬直し、冷たい汗がにじみ出す。

それらの些細な積み重ねが、英孝にとっては強いストレスとなった。

相談できるような同僚など、一人もいない。職場で言葉を交わすのは、事務官の宮田だけだ。宮田とてプライベートな話をするわけではなく、あくまでも仕事上の付き合いだった。

何のストレスも感じていないようにふるまっていたつもりだったが、数日で身体が先に音《ね》を上げた。夜中近くになるとみぞおちがキリキリと痛むようになり、身体を丸めてその痛みに耐える日々が続いた。

――気にすることはない。

想像に怯えるのは臆病者だ。遠野が何かしてきてから、それを対処する方法について考えればいい。何もされていないうちからプレッシャーを感じる必要がないといくら自分に言い聞かせても、それで軽減するはずがない。

ここまで自分が弱いとは知らなかった。大学受験のときも、司法試験の前も、さして緊張しなかったはずだ。だが、性的な問題は英孝の最大のウイークポイントであり、遠野が何を仕掛けてくるのかわからないだけに、より恐怖を掻き立てられるのかもしれない。

眠りが浅くなり、日中もボーッとしていることが多くなり、取り調べに集中できないためか、調書のできも不本意なものになった。何か隠している気配がある被疑者の口を、いくら開かせようとしてみても、勾留期限までに開かせることができない。そんなふがいない自分によけいに苛立《いらだ》ちがつのり、落ちつかない気分で過ごす時間が多くなった。

そんな英孝の様子に影響されてか、宮田の口数もめっきり少なくなっていた。

「だいぶ、調子が悪いようだね」

決裁を求めに行ったとき、上司の弓狩次席検事にまで言われ、英孝は氷のような無表情を向けた。

「そうでしょうか」

自覚はあるとはいえ、他人にまで指摘されると腹が立つ。

調子が悪くとも、他の検事よりもずっと働いているという自負心があった。被疑者の供述を引き出せない場合には、周りの人間からの事情聴取や、科学的な証拠を可能なかぎり掻き集め、完璧を期している。判断にあやまちがあるとは思えない。

「顔色が冴《さ》えないよ」

弓狩の発言の根拠は、そのようないい加減なものに過ぎなかったらしい。

顔色が悪かろうが、どれだけ寝不足だろうが、仕事は仕事としてきちんとこなしているつもりだ。

英孝はむっつりと黙りこんだ。決裁についての返答を待つ。

榎本が送致されてきて、最初の十日の勾留期限が切れ、さらに十日の勾留延長申請をする書類が、決裁を求める中に混じっていた。それに気づいたのか、弓狩が尋ねてきた。

「榎本の様子はどうだ?」

「遠野という担当弁護士と一度対面した際に、暴行罪ではなく、過失傷害にしたいと言われました。被害者の示談書や嘆願書も準備するつもりだとか」

遠野の事務所に足を運んだ日以来、彼のほうから直接的な働きかけはない。

「示談書や嘆願書? そんなものは無効だろ。何で遠野はそんなものを?」

尋ねられ、英孝は遠野に対する個人的な感情が出ないように淡々と答えた。

「遠野がどういうつもりで言っているのかわかりませんが、私としては、法の下での平等を信条としております。個人的には、暴力団構成員だから起訴、有罪、量刑割り増しという今の刑事裁判の傾向はどうかと思いますが、それでも検察全体としての価値基準に照らし合わせるつもりです」

つまり、遠野が何をしようとも、折れるつもりはないと伝えると、弓狩は一瞬だけ奇妙な表情を見せた。とまどったような、何か言いたいことを押し殺したような表情に見えた。

——何だ?

遠野のことで過敏になっていた英孝は、めざとくそれに気づく。

だが、弓狩はうなずいただけでそれ以上触れることはなく、すぐに別の身柄事件に話題を移した。

「次に、この件だが——」

決裁を受けて、英孝はファイルを抱えて廊下に出る。

突き返される書類はなく、今日の仕事はこれで終了だ。

だが、歩きながら先ほどの弓狩の奇妙な表情が気になってたまらなかった。

英孝は他の検事よりも、被疑者の表情を読むのに長けているようだ。とはいっても、人の心の機微を敏感に読み取れるわけではなく、単に何か相手が隠し事をしていたり、ごまかそうとしているときに引っかかるといった程度なのだが、取り調べには役立つ能力だった。

弓狩が妙な顔をしたのは、遠野に対する反感だけではなく、他の何かが隠されているような気がする。だが、さきほどの会話を思い返してみても、引っかかるようなものは何もない。

――『検察全体としての価値基準』？

だが、暴力団構成員だから起訴、有罪、量刑割り増しという判決が下りやすいのは、全国的な傾向のはずだ。これは問題ない。

――だったら、何が……。

記憶力のいい英孝は上司との会話を頭から再び思い起こし、ふるいにかけていく。やはり、『検察全体としての価値基準』ぐらいしか、引っかかりそうな語句はないようだ。気になったことは、徹底的に調べずには気がすまない性格だった。

個人的にも、暴力団構成員の起訴・不起訴・起訴猶予の判断基準がどこにあるのか知りたくなった。東京地検の過去の判例において、暴力団構成員の身柄事件がどのような処理されていたのか、調べてみたくてたまらなくなる。

英孝は自分の部屋に一度戻ってファイルを置き、宮田に今日の仕事は終わりだと告げ、ノートパソコンをつかんで地下の資料室に向かった。

地下三階には、裁判のための巨大な証拠品保管庫がある。その横に資料室があり、年間二十三万件を越える事件についての膨大な量のファイルが保存されていた。

持参したパソコンを資料室の端にある机に置き、法務省の情報ネットワークシステムに接続した。

——何だか、少しわくわくする。

検事として就職してからは、日々の仕事に追われてなかなかまとまった時間が取れずにいたが、英孝は裁判記録を読むのが好きだ。膨大な資料に囲まれていると、時を忘れる。

今日は徹底的に、過去の暴力団が関与した事件について、調べてみるつもりだった。


「おはようございます」

執務室のブラインドの角度が変えられて、その隙間から差しこむ日のまぶしさに、英孝は深い眠りから現実に引き戻された。

ついさっき眠ったばかりのような気がする。

目をしょぼしょぼさせながら室内を見回すと、簡単な清掃を行っている宮田の姿が見えた。

英孝はあくびを噛み殺し、どうにか目をしっかりと覚まそうとする。

「徹夜されたんですか?」

「……五時には…寝たが」

「五時？　何か急ぎの案件でも？」

宮田は英孝の秘書のようなものだから、互いの仕事の進捗《しんちょく》状況は把握している。昨夜も、決裁が済むまでつきあってくれた。驚いたように尋ねられ、英孝はソファから足を下ろしながら、否定した。

「いや。――個人的な、趣味の領域」

今日の仕事に支障が出ないように、睡眠時間はちゃんと確保しようと思っていたのだが、さまざまな事件の資料を次から次へと読みふけっているうちに朝になってしまった。地下だからよけいに、時間の経過がわかりにくいのだ。

英孝が仮眠していたのは、執務室の隅にあるベージュのソファだった。たまに泊まりこむことがあるために、毛布も枕も着替えも、ロッカーに常備してある。

まだまだ眠くてたまらなかったが、宮田が出勤しているということは、そろそろ身支度を調えなければいけない時刻だろう。

毛布を畳み、ロッカーから着替えを取り出す。

宮田が新たに警視庁から送られてきた被疑者のファイルを英孝の机の上に積み上げながら、きびきびとした声で言った。

「あと三十分で、被疑者が来ます。顔を洗って、着替えてきてください」

「ああ」

普段はこのように宮田の尻に敷かれることはないのだが、今日はまだ頭が働かない。

英孝はのっそりと立ち上がり、歯ブラシとタオルを持って洗面所に向かった。

調べられたのはほんの一部に過ぎなかったが、東京地検で扱った暴力団がらみの事件を、片っ端から確認していた。暴力団がらみの事件は起訴するのが当然だと英孝は考えていたのだが、この東京地検においては、起訴されなかった事件が意外なほどあった。しかも、それは九年前から七年前に集中している。そして、この一、二年だ。

証拠不十分であったり、起訴しても有罪に持ちこむのは難しいという「嫌疑不十分」であったりと、起訴しない理由はさまざまだ。全てにもっともらしい理由がつけられていたが、現場で仕事をしている英孝が疑いを持って資料を読めば、やや引っかかると言えなくもない。実際にある有罪の証拠を採用しなかったり、証拠をでっちあげたり、理由などどうとでもつけられるからだ。

——この年数の集中は、何を意味する?

だが、まだ調査は始まったばかりだ。今後も時間を取って調べを進めようと、英孝は心に決める。

顔を洗っているうちに、ようやく目が覚めてきた。

ワイシャツだけではなく、スーツとネクタイも着替えてぱりっとした気分で部屋に戻る。

机につき、宮田が淹れてくれたコーヒーを飲みながら、被疑者が連れられてくるまでの間、英孝はファイルをめくった。

——そろそろ、榎本の処分についても、決めないといけないころだ。

どうしても遠野の顔が頭に浮かぶ。

遠野の事務所を飛び出してから、今日で八日目だ。その間、あの男が何のアクションを起こしていないのが不気味でたまらなかった。

だが、とにかくそのことは頭の端に押しやり、今日の分のファイルを読みこみ、朝一番の被疑者から取り調べを行う。

何件かの取り調べをすませて昼食休憩を取り、午後一番に聴取をするのは、被疑者ではなく参考人だった。

数日前、歌舞伎町で起きた暴行事件において、そのケンカを目撃したという男を、今日、この執務室に呼んでいたのだ。

その男を部屋に呼ぶように宮田に伝え、ファイルに視線を落とした英孝は、目に飛びこんできた参考人の名に遠い記憶を蘇らせた。

——能登良一《りょういち》だと？

英孝の過去の家庭教師と、姓名ともに一致していた。

ファイルから顔を上げたとき、その男が室内に入ってきた。

一瞬、別人かと思うほど、能登は大きく変貌《へんぼう》していた。英孝の家庭教師をしていた当時の知的な青年の面影はまるでなく、ひどく瘦《や》せて目をぎらつかせ、すさんだ空気を漂わせていた。まだ三十代前半のはずだが、髪には白髪が交じり、肌はボロボロだった。

「能登良一さんですね」

硬い声で英孝は確認し、彼に椅子を勧めた。

何で能登がここに現れたのだろうか。遠野が能登の名を出したことを思い出す。能登の背後には、遠野がいるような気がする。

強い警戒心がこみあげてきた。

椅子に座った能登は、ここが執務室であることも気にならないのか、英孝をしげしげと見つめてきた。不自然なほど長い間が生じたのは、英孝が能登の出現に呑まれて何も言葉を発することができなかったからだ。

馴れ馴れしく、能登のほうから話しかけてきた。

「久しぶりだね、英孝。検事をしているって聞いたけど、本当なんだ。とても似合う。昔から英孝は優秀で、ぼくの自慢の生徒だったからね。司法試験も学生時代に合格したんだって？　すごいな。ぼくはダメだった。五年ほど挑戦したけど、……ずっとダメだ。君と別れたせいかな」

その言葉に血が凍り、能登の言葉を遮ろうとした。自分がゲイであることは、職場では一切公にしていない。それなのに宮田が、この話を聞いている。

能登と過去の知り合いだということは知られてはならない。

「能登さん。今日来ていただいたのは――」

冷静に能登の話を遮ろうとした。だが、能登は黙ろうとはしない。瞳を輝かせ、英孝にぎらつく目を向けて言った。

「だけど、英孝は嘘つきの偽善者だ。おまえがどれだけ淫らな欲望を隠しているか、ぼくは知ってる」

「能登さん！」

英孝は声を荒げた。

冷ややかに、殺気すらこめて能登をにらみつける。

──遠野だ。

遠野をここに送りこんできたのは、やはり遠野だと、今、ハッキリとわかった。

歌舞伎町のケンカに、暴力団と関わりの深い弁護士が介入してくるのは簡単だ。遠野はこの事件が英孝の担当になったのを知って、能登を目撃者に仕立ててわざわざ送りこんできたに違いない。

「聞かれた質問だけに、答えてください」

英孝は能登を見据え、一言ずつ確認するように語る。

まだ平静を装えた。

取り調べの最中、妙なことを話し始める被疑者は少なくない。能登が話しているのはただの妄言だと、宮田に思わせることができるぐらいに、検事としての態度を保つことができる。

だが、能登と視線を合わせているだけで、その目や鼻梁《びりょう》や眉や表情そのものが、英孝の遠い記憶を蘇らせそうになる。この男に抱かれ、初めての身体をひらかれたときの苦痛と快感が肌を粟立《あわだ》たせ、息苦しくさせた。

能登が何を言い出すかと考えただけで、大勢の前で裸に剝かれていくような耐えがたさを覚えた。

だが、英孝はあえてその恐怖を押しとどめ、職務を遂行しようとする。

「二十一日、新宿歌舞伎町のスナック『美穂《みほ》』にて、二人の男が居酒屋従業員を殴った事件についての目撃証言を……」

英孝の声を、能登が強引に遮った。

「生意気だよ、英孝。いつからぼくに、そんな口が叩けるようになったんだ?」

「……っ」

恐怖と憤りに血が沸騰する。

自分は過去の自分ではない。何もわからず、能登に懐柔され、思うがままに身体を弄られ、愛されたくて鬱屈《うっくつ》していたころの自分とは決別したはずだ。

なのに、鳴り響く鼓動の中で、英孝は過去の自分に引き戻されそうになる。思春期の傷を強引に押し開かれ、あのころの怨嗟《えんさ》や悲しみや苦痛が、どろどろの血とともにあふれ出す。もう恋なんてしないと誓った、あの日の苦しみが。

胃がキリキリと痛み、貧血を起こしたように視界が狭まる。それでも、英孝は検事の椅子に座り、いつもと変わらないようにふるまおうとしていた。

その態度が、能登を刺激したのかもしれない。

「ぼくを無視するなよ、淫乱猫。おまえのことについて、あの弁護士に再度詳しく聞き出された。そうしたら、あいつはおまえが濡れることまで知ってた。もう、あいつと寝たのか？」

能登のセリフに何かの感情が爆発し、英孝は持っていたファイルを力任せに机に叩きつけた。

とんでもない音が出た。

そのまま何も言わずに、部屋から出て行く。

この後のフォローのことなど、何も考えられなかった。

ただ能登と顔を合わせていることが、耐えがたかった。

エレベーターには乗らず、階段を駆け下りていく。

悔しさに食い締めた歯が、ぎりっと鳴った。

——嫌だ。負けたくない。

誰にも後ろ指を差されたくない。正しく生きたい。

そうあろうと努力しているのに、どうして現実の自分はこんなにも薄汚く、泥にまみれているのだろうか。


一時間ほど検察庁や、その隣の法務省の赤煉瓦《あかれんが》棟の中庭のあたりをうろつき、気持ちを落ち着かせてから、英孝はようやく執務室に戻った。

下手をすれば職場放棄とも受け取れかねない状況だったが、宮田は英孝の姿を見て、ホッとしたような顔を見せた。

よけいなことは何も聞かず、内線に手をかけながら尋ねてくる。

「次の被疑者を呼んで、大丈夫ですか？」

英孝はうなずき、机に戻る。

その後は淡々と取り調べを行った。

宮田はその日一日、能登のことについては、何も触れてこなかった。そのことが逆に不安をつのらす。能登の件について誰にも話さないように、口止めしたほうがいいだろうか。

——だが、そんなことをしたら、よけいにあの男との間で何かあると伝えるようなものだ。

さんざん悩み、結局、宮田には何も言えなかった。こんなとき、上手に話を切り出せない。

一人になった部屋で、英孝はため息を漏らす。落ち着かないことこの上ない。いつ、どのほころびから自分の淫らな秘密が他人に知られてしまうかという胸騒ぎを覚え、足元にぽっかりと深淵が口を開けているような感覚がつきまとう。

このあと、遠野からどんな嫌がらせを受けるのだろうかと考えただけで、胃がぎゅっと痛み、不安でいたたまれなくなった。次こそ、取り返しのつかない醜態をさらしてしまうかもしれない。

——耐えきれない。

こんなプレッシャーに煩《わずら》わされるぐらいなら、自分から行動を起こしたほうがマシだ。

そう思って自分から遠野に電話しようと思い、携帯を何度も握りしめた。だが、自分から降参を伝えるのはどうしても耐えられず、遠野の事務所の番号を押すことができない。帰宅しようとしたとき、机の上の電話が鳴った。

「河原崎ですが」

『英孝か』

遠野だとわかった途端、鼓動が跳ね上がり、空気が石に変わったように喉に詰まる。落ち着こうとしたが、まともに呼吸すらできない。

「——何の用だ」

可能なかぎり、不機嫌な声を発した。

人を食ったような笑い声が聞こえてくる。キリキリと胃が痛む。

『これから、事務所にやってこい』

「俺に命令するな！」

声は叫びそのものだった。

そのことで追い詰められていることを露呈した形になった英孝は、血が出そうなほど唇を噛む。その耳に、遠野が一言だけ残した。

『嫌だというのなら、また素敵なサプライズを準備してやる。いくらでも、他に方法はある』

返事を聞かずに、電話は切れた。

「……っ！」

英孝は強く受話器を握りしめる。たったこれだけのやりとりで、息が切れていた。

――素敵なサプライズだと？

視界が揺らぐ。

能登を参考人として職場に送りこんできたように、英孝にとって耐えがたい嫌がらせをまた行うという予告なのだろうか。

冗談ではない。今のやりとりだけでも、胃がどうにかなりそうだ。冷たい汗が全身から噴き出して、背中や脇の下をじっとり濡らしている。さぞかしひどい顔をしているのだろう。

遠野の手のひらでもてあそばれているような気分になる。

検事として生きてきた英孝の体面やプライドを痛めつけるためには、どうすれば効果的なのか、遠野はよく知っていた。

一週間、遠野が何もしなかったのは、それだけでもプレッシャーになると知っていたからに違いない。ようやくそのことを理解する。緊張が少し和らいだときに、能登を送りつけてきた。それでも英孝が屈しなかったら、容赦なく次の手を送りこんでくるのだろう。

何をされるのか考えただけで、恐怖に耐えられなくなる。

認めたくなかったが、明らかに自分は怯えていた。

だが、遠野の事務所に行ってはならない。遠野は手ぐすね引いて、英孝を待ち受けている。今度こそ破滅が待っている。

それがわかっていながら、あえて罠に踏みこむ以外にすべはない。

怖かった。

誰も頼る人などいない。

そういう生き方を、英孝は自ら選択してきたのだ。

〔三〕

新宿の事務所には、前回と同じように遠野しかいなかった。

英孝が無言で部屋に入ると、遠野は少し待てというように軽く手を上げた。電話中だった。

血のついた衣服はどこにあるのかとか、銃はどこから手に入れたのかとか、電話の向こうの相手と話しているのが聞こえている。何やらろくでもない事件に関わっている気がして、英孝は眉を寄せて視線を遠野の背後のキャビネットに向けた。

そこに遠野が扱っている事件のファイルが並んでいた。強姦だの殺人だの、物騒な見出しのついた案件ばかりだ。

とりあえず自首しろ、これとそれについては黙秘しろ、警察の調べが一通りすんだ後に、面会に行ってやると言って電話を切った遠野に、英孝はぶしつけに尋ねた。

「おまえは、いつでも愚劣な凶悪犯の弁護ばかりしてるのか」

遠野は机の前に立った英孝に、挑戦的な目を向けてきた。

「警察が全て正しいというわけじゃない。被疑者に有利な証拠を握りつぶしたり、でっちあげの証拠を作ったり、ずさんな捜査をする場合だってある」

「それでおまえは、高い金を取って奴らを弁護するわけか」

「金額は相手による。俺は、自分のしたい事件しか扱わない」

あげつらうような質問に腹を立てる様子もなく、遠野はしたたかに微笑んで、深く背もたれにもたれかかった。

「——意外と早かったな。もっと抵抗するかと思った」

遠野の目には、英孝を試すような光が浮かんでいた。

この男にはかなわないのだと、思いそうになる。

「今すぐ帰ってもいいいんだが」

逃げたい。

これ以上遠野と関わることに、耐えきれない。遠野と相対すると、自分が世間知らずの青二才でしかないことを思い知らされるようだ。

「何が目的だ」

英孝はため息とともに吐き出した。

どうあがってもこの男の脅迫に屈しなければならないというのなら、その要求をまずは知っておかなくてはならない。

「榎本を起訴猶予にしろ」

遠野が口にしたのは、ごくあたりまえの要求だった。もっととんでもない要求をされるのではないかと身構えていた英孝は、他に目的があるのではないかと疑ってしまう。

「何故、そんなにも榎本を収監させないことにこだわる？」

遠野が払った手間と、要求とのバランスが取れない。たかだか数年の懲役を怖れるヤクザなどいないはずだ。

「理由はともかく、榎本は外に出る必要があるということだ」

「たとえば、娘の誕生日会か？」

前回はうっかり信じそうになったが、きっとろくでもない事情が隠されているに違いない。

探るように視線を向けたが、榎本の口元には人を食ったような笑みが浮かべられているだけだった。

だが、聞きださずにはいられない。

「理由が納得できなければ、絶対に釈放はできない。たとえば、海外との大きな非合法の取引――銃や麻薬などの取引を控えていた大切な時期に、榎本が酔っぱらって、警察に逮捕されることになったとかか？　だが、先方との信頼関係もあって、榎本本人が立ち会わなければ、取引は成立しない。そんなような、数億、数十億がかかった取引が、この背後にはあるはずだ」

暴力団の顧問弁護士をしている遠野が、ここまで手間をかけて仕事をするということは、背後に巨大な組織がからんでいるとしか思えない。

英孝の言葉に、遠野は楽しげに笑った。

「想像力が豊かだな。だったら、おまえが納得できる理由を教えてやる。裏社会には、どうしても闇が生じる。それなりに秩序を保っていた暴力団が弱体化すると、その空隙《くうげき》に海外マフィアが進出する。彼らは金さえ手に入れられれば、日本の秩序など気にしない。クスリは裏社会だけでなく、大学や高校、主婦層にまで蔓延《まんえん》し、凶悪犯罪が多発する」

「それと榎本がどう関わる？」

「とある大陸の組織の日本進出を阻止するためには、そこの幹部の顔や、内部情報を熟知している榎本が不可欠だということだ。榎本は一時期、大陸に渡って、そこの世話になっていたことがあってな」

英孝はあやしむように、すっと目を細めた。

どこまで遠野が本当のことを語っているかわからないが、組織対組織の抗争がからんでいるというのは、あり得る線かもしれない。

遠野は身体を乗り出した。

「俺としては、どうしても榎本を釈放させたい。早ければ早いほどいい。だからこそ、起訴猶予を望むわけだ。無罪にできる自信はあるが、裁判となるとよけいな日数がかかるからな。そこで、おまえに事前に相談というわけだ」

――無罪にできる自信……？

そんな根拠がどこにあるというのだろうか。大口を叩くのも、たいがいにして欲しい。英孝は、むっつりとした顔で一蹴した。

「お断りだ」

「だが、これを見れば、おまえも考え直さずにはいられなくなる」

遠野は机の上に数枚の書類を置く。

見ろと言われ、英孝は警戒しながらもそれに手を伸ばした。

先日、遠野が言っていた通りの、被害者の示談書と嘆願書だった。『被害者は十分な保障を受け、満足しております。どうぞ被疑者に寛大な処置を』という類《たぐい》のものだ。それがあれば、被害者が厳罰を望んでいないのが理解でき、処罰にも手心が加えられ、一般の人間なら不起訴処分になったり、起訴猶予になったりする。だが、暴力団構成員のように暴力を生業《なりわい》としているような人間においては、こういったものは無意味だとされていた。

弁護士である遠野に、それがわからないはずがない。

前回も思ったが、何故こんな無駄なことをするのだろうか。遠野の弁護士としての能力を疑いながら、英孝はフンと鼻を鳴らす。

その書類を机に戻したとき、遠野が思いがけないことを言い出した。

「榎本の件では、証人の運転手が供述を翻《ひるがえ》すことになっている」

「何だと？」

「たまたま榎本が振り上げた手が、運悪く運転手にあたってしまった。その通りで、間違いございません、と。そうすれば、罪状は暴行罪ではなく、過失傷害罪となる。過失傷害罪は親告罪だ。つまり、運転手が訴えを退けさえすれば、事件にもならない」

――なっ……！

運転手が供述を翻すというのなら、その理由は明らかだ。遠野が運転手に金を渡したか、暴力団を通じて何らかの脅しをかけたのだろう。

「どうする？」

遠野が嬲《なぶ》るような目を向けてきた。

「法廷で赤っ恥を掻く前に、運転手の供述を取り直せ。そうすれば、起訴猶予にするしかなくなる」

「おまえの指示など受けるものか」

運転手の供述は、すでに取っていた。これで起訴はできる。

だが、榎本を起訴して裁判となった場合、今、遠野が言った通り、運転手が証言を覆すようなことがあったら、裁判はひっくり返される。その可能性を考えたら、遠野の指示に従うのが一番だ。

たまらない不快感を覚えた。

無茶な要求だったら拒むことができるが、これでは拒むこともできない。裁判でひっくり返されるのがわかっていながら、榎本を起訴する愚か者にはなれない。

「そこまで手間暇かけて、榎本を釈放することが大切なのか」

「おまえが自主的に、俺の要求に従うかどうかというのが問題なんだよ、河原崎検事」

薄く、遠野は微笑《ほほえ》む。

闇を孕んだようなその瞳に、英孝は気圧された。

――これはまだ、ほんの入り口に過ぎない。

そんな気がした。

英孝の心理的抵抗の少ないこの事件を皮切りとして、この男に取りこまれていく。これは犯罪ではない取引だが、一度でも遠野に協力的な行為をすれば、ずぶずぶと底のない地獄に引きずりこまれていく。

踏みとどまるなら今しかないはずだ。

「俺がそんな欲求に、従うと思っているのか」

冷静に考えれば、無駄な起訴をするよりも、榎本を釈放するほうがいい。裁判所も検察庁も暇ではない。遠野が要求しているのは、裁判になれば十中八九無罪になる被疑者の早期釈放であり、その要求を呑んでも何ら不都合は生じない。

だが、遠野に負けたくない気持ちのほうが強かった。

怒りを含んだ英孝の声に、遠野は楽しげに笑った。

「従わないつもりか?」

舌なめずりでもしているような遠野の表情に、ぞくりと背筋が冷えた。

「毛を逆立てた猫のようだな。おまえは俺を、ひどく楽しませる。屈服させて、飼い慣らしたくなる。あのときのたまらない淫らさとは、まるで別人なほどに、普段のおまえは折り目正しくて、真面目なようだ」

遠野が机を回りこみ、英孝に近づいてきた。

だが、遠野から逃れようと立ちあがった次の瞬間、英孝の身体は宙に浮いていた。足をすくわれたのだ。分厚い絨毯《じゅうたん》が衝撃を和らげはしたが、肩を打った衝撃に息をすることもままならないでいると、床に組み伏せられ、手首を背後にねじあげられる。そこに抜き取られたネクタイが、手早く巻きつけられていく。

「やめろ……っ!」

恐怖がこみあげてきた。

恥も外聞もなく、がむしゃらに起きあがろうとしたが、筋肉質で重みのある遠野に背に膝を乗りあげられると、どうしても振り払えない。腕を束縛されただけで極端に動きが制限され、息苦しく、身体が痺れていく。

それでも懸命に身体をねじろうとすると、肩にずきりと痛みが走った。

「っう」

「この前、おまえと遊んでから、一週間だ。その間、……どれだけ淫らに、俺に抱かれることを想像した？」

遠野の低めた声が、英孝の淫夢を蘇らせる。

遠野に与えられた悦楽を英孝の身体は忘れることはできず、何度も自ら性器をまさぐり、屈辱とともに絶頂に達した。こんなふうに縛られ、言葉で嬲られ、犯される妄想に浸った。そのことを見透かされて、逃げ場を失ったような気分になる。遠野にからめとられ、身も心も屈服したいような思いに支配されていく。

「っぁ！」

仰向《あおむ》けにひっくり返され、強く両肩をつかまれて顔をのぞきこまれ、英孝は視線をそらす。まだこんな状況を受け入れていないはずなのに、身体はすでに火照《ほて》り始めていた。下肢に触れられたら、自分の今の状態を遠野に知られてしまうだろう。

腰のあたりに馬乗りになられたまま、スーツの上着のボタンを外され、プレゼントの包み紙を剥いでいくように服を脱がされていく。無防備だった素肌に遠野の視線を浴びせかけられて、英孝はぎゅっと目を閉じた。

剥きだしにされた胸や腹の皮膚の表面に、ぴりぴりと微細な電流が走るようだった。

遠野の視線によって、無抵抗な獲物に変えられていく。男に犯されることを望む被虐の存在へと。

自分がどれだけ淫らに堕《お》ちていくかと考えただけで、恐怖すら覚えた。

だが、検事である自分が、この男に飼い慣らされるわけにはいかない。必死で踏みとどまるために、英孝は声を押し出した。

「嫌、……だ……っ」

ことさらハッキリと言葉にして拒まないと、この男の指を望んでいる自分に気づいてしまいそうで怖かった。

ガチガチに身体を強ばらせながらも、英孝は必死で目に力をこめ、顔を正面に戻して遠野をにらみつけようとする。

だが、遠野は情欲をにじませた瞳を、英孝に向けた。

「恥知らずな乳首が、すでに硬くなってるぞ」

その言葉によって、意識が否応なしに乳首へと集中する。その小さな突起は、すでに甘い疼きを宿して、触れて欲しそうに尖っていた。

遠野は英孝の肩を両手で床に押しつけ、顔を乳首に寄せていく。

「っあ！」

まず与えられたのは、容赦のない痛みだった。

ガリッと嚙《かじ》られて、衝撃に英孝の身体が大きく反り返る。

だが、乳首から遠野の歯は離れず、暴れるたびにそこから熱い痛みが全身に広がっていく。

――痛い痛い嫌だ……っ！

目に涙がにじみ、英孝は歯を食いしばる。だが痛みが快感へと変化したその瞬間、遠野の唇が不意にそこから離れた。

荒々しく息をつきながら、英孝は遠野をにらみつける。

視線が絡みあう。

何を言っていいのか、わからなかった。どんな言葉を発すれば、この男は自分を追い詰めるのを止めてくれるのだろうか。そして、自分はこれを本当に拒んでいるのだろうか。

噛まれた瞬間にはたまらない痛みが走ったものの、乳首には痺れるような快感だけが残っていた。もう一度、あの感覚を味わってみたくて、身体が疼く。

「痛かったか？　それとも、悦《よ》かったか？　もう一度して欲しいか？」

後者のほうが自分の気持ちを正しく代弁している気がして、英孝は言葉を発せなくなる。遠野は英孝から視線を外さないまま、また乳首に顔を落としていった。

「――っ……！」

同じ痛みが与えられるのを予期して、英孝の身体に力がこもる。

だが、嫌だ、という言葉は英孝の口から出なかった。それを読み取ったのか、遠野が顔をあげて、英孝を見た。肉食獣が牙を剝くときのような笑みに見えた。

「っぁあ！」

さきほどよりも強烈に、乳首で痛みが弾ける。きつく突き抜けていく苦痛にじっとしていることができず、どうしても背筋がたわみ、身体が逃げを打つ。

だが、痛みは身体のどこかで凄まじい快感へと変化していく。何もかも忘れさせるような甘い快感が、脳を直撃する。苦痛と混じり合った悦楽が、頭を真っ白に染めていく。

これ以上は耐えられないと思った次の瞬間、唇が離れた。

「……ぁ」

荒い息をつきながら、英孝は身体から力を抜いた。

唾液で濡れ、ピリピリとした痛みが張りついた乳首に指を伸ばされ、転がされる。それだけで、ジンと重苦しいような痛みが広がった。敏感になった乳首を指先で揉《も》み潰されるたびに、身体の奥底から奇妙な欲望が引き出され、そこをもっと弄ってもらいたくて、ジンジンと身体が疼く。すでにペニスは完全に勃ちあがっていた。

遠野の強い視線にさらされながら乳首を弄られていると、自分の表情が少しずつ淫らなものへと変わっていくことを、意識せずにはいられない。

このまま何も考えず、遠野の愛撫《あいぶ》に溺れてしまいたい。

そう思う心とは裏腹に、この状況から逃れたいと願う自分も存在していた。

そのとき、反対側の乳首に唇が落とされた。

「あ、……っぁあ……っ！」

腰に座る遠野を振り落とすほどに身体をのけぞらせ、英孝はその痛みを受ける。狂おしく耐えがたい、鈍痛と快感。だが、自分はずっとこれを欲しがっていたのだと、本能が訴える。痛みはすぐには去らず、そのままぐっと乳首を引き伸ばされ、責め苦が継続する。

「っぁ、……っぁ、あ、あ……っ」

小さな突起を咀嚼《そしゃく》するように歯が動いた。

限界近い痛みがそこで弾け、生理的な涙が吹きこぼれる。なのに、ジンと頭を痺れさせる陶酔も同時に存在していた。逃げようともがくたびに乳首が無残に引っ張られ、より残酷な痛みを与えられる。

ガクガクと身体が揺れ、ただその仕打ちを受け止めるだけで精一杯になる。

――助け……て……っ！

助けなど来ないことを、誰より英孝自身がよく知っていた。この状況を選んだのは自分自身だ。自分はこれを欲しがっている。惨めに、淫らにいじめられることを。

苦痛は感じる端から快感へとすり替わる。乳首からペニスまで直通の回路が生まれ、乳首を噛まれるたびにジンジンとペニスが疼いた。

頭の芯が沸騰して何もかも考えられなくなったころ、ようやく乳首から唇が離された。

強い緊張から解き放たれて、英孝は全身から力を抜いた。

だが、薄く目を開くと、また乳首に近づいていく遠野の顔が見えた。

「や、……やめ、く、――っぁ、あ、ああ……っ！」

制止する間もなく、与えられる苦痛はさらに強くなる。

英孝は頭を左右に振り、ガクガクと震えて逃れようとした。

痛くて痛くて、乳首が食いちぎられそうだ。最初は痛み以外に何も考えられない。小さな敏感な部分に与えられる苦痛は強すぎた。

そんな英孝の身体に、遠野は容赦なく痛みを刻みこんでいく。

嚙まれるたびに、身体が揺れた。圧倒的な無力感とともに、被虐の欲望が身体の深い部分から引き出されていく。痛くて、なのに気持ち良い。腰が揺れ、息が詰まり、自分がどんな状態にあるのかもわからなくなっていた。わかるのは、乳首を嚙む遠野の歯の動きだけだ。

とんでもなく長く感じられる悦楽の時間の果てに、乳首から遠野の顔が離れた。

英孝は束縛された腕から力を抜き、閉じていた目を開いた。

こめかみのあたりが涙で濡れていた。自分で涙を拭《ぬぐ》うこともできず、惨めな泣き顔を遠野にさらすしかない。だけど、見て欲しかった。自分のこの屈服した姿を。遠野にここまで打ちのめされたことを。まともに表情を作ることも、できなくなっていた。

呼吸に胸が上下するたびに、そこにある二つの敏感な乳首が、ジンジンと熱を孕んで痛んだ。だが、身体は信じられないほどに熱く滾り、ペニスが爆発しそうになっている。

遠野は胸に手を伸ばし、英孝の赤く腫《は》れた乳首を四本の指で軽くなぞりあげた。

「っぁ、あ……っ」

過敏になりすぎた突起は、それだけで全身が跳ね上がるような刺激をもたらした。

「つらいか？」

逃げ出したい思いと、このままもっと追い詰められたい思いとが、英孝の中で混在している。だが、どちらの気持ちが強いのかは明らかだ。

震えながらその刺激に耐えていると、遠野が何かを取り出すのが見えた。

鎖でつながれた、二つのクリップだ。

それが何をするためのものなのかを見ただけで察した英孝は、あわてて身体を起こそうとした。それはダメだ。能登にされたときにはひたすら痛いだけで、苦手な意識が残っていた。

「これは嫌いなのか？」

英孝の怯えた顔に刺激されたらしい遠野は、クリップをつまんで英孝の乳首に近づけてきた。

「っめ…ろ…」

身体が震えて、全身が硬直する。

それでも、遠野は英孝の反応を見据えながら、赤く尖っている小さな突起に躊躇なくクリップを近づける。

軽く挟みこまれ、指の力を抜けば、いつでもクリップによる残酷な責めができるように、準備が整った。

「ここで質問だ。榎本を不起訴にするか？」

不意に頭を現実に引き戻されて、英孝は大きく目を見開く。

こんなところで交換条件を出されるとは思わなかったが、どんなに身体を痛めつけられても、うんとは言いたくない。だが、だからといってこのような交換条件は卑怯《ひきょう》だ。

「しな…い……っ！」

声を押し出した瞬間、クリップが乳首に完全に嚙まされた。

「ぐ、ぁあ…っ！」

あまりの痛みに、背筋が強くのけぞる。

じっとしていられず、小刻みに身体が揺れる。痺れるような苦痛が、乳首から胸全体へ広がり、感覚が麻痺していく。皮膚がじわじわと冷たい氷に覆われていくような体感があった。

まだ痛みが引いていないのに、遠野は鎖の反対側についているもう一つのクリップも手にした。

「片方だけでは物足りないだろ？」

それをもう一つの乳首のほうに、近づけていく。耐えがたい苦痛が倍増するのだと察した瞬間、英孝はプライドをかなぐり捨てて、懇願していた。

「いやだ、……やめ、……やめてくれ……っ！」

片方の痛みに耐えるだけで、精一杯だ。それすら、苦しくてたまらない。だが、遠野は苦痛にのたうつ英孝の肩を床に押しつけ、反対側の乳首を慎重にクリップで狙う。英孝は震えながら、この残酷な主人を見上げた。

目が合った瞬間、遠野は目を輝かせた。

英孝の心の葛藤も、享受している苦痛や快感も、理解しているような笑みに思えた。全てを投げ出して許しを乞《こ》えば、楽になれるのだろうか。

だが、何も言えずに諦めに唇を噛むしかない。

次の瞬間、反対側の乳首で痛みが弾けた。

「つう、……っぁあああああ……っ」

全身がガクガクと震える。それによって重みのある鎖が小刻みに揺さぶられ、両方のクリップに振動が伝わる。乳首は根元から引きちぎられそうなほど押しつぶされていて、歯を食いしばらずにはこの苦痛に耐えきれそうもなかった。

英孝はがむしゃらに身体をねじり、痛みを軽減させようとした。身体のどこにどう力を入れればいいのか、わからない。

自分が感じているのは痛みなのか、それとも快楽なのか、ついに区別ができなくなった。どうにかなりそうなほど頭が沸騰し、全ての余裕が失われる。

遠野が鎖をつかんで、軽く揺さぶった。そのとき、乳首の痛みが身体の芯を溶かすような圧倒的な快感へと変化した。

「っ！」

「感じてるのか？」

英孝の表情から、遠野はそのことを見抜いたらしい。

乳首を襲う痛みはジンジンとした熱感に変わり、甘いうねりが身体全体へと広がっていく。鎖を揺さぶられるたびに新たな感覚が突き抜けた。

「っぁ、あ、あ……っ」

あまりの快感に顔を振ると、唇から唾液が吹きこぼれた。

何も考えることができない。

さらに大きく鎖を揺らされて、頭が真っ白になる。逃れようのない深い愉悦に、意識が吹き飛びそ

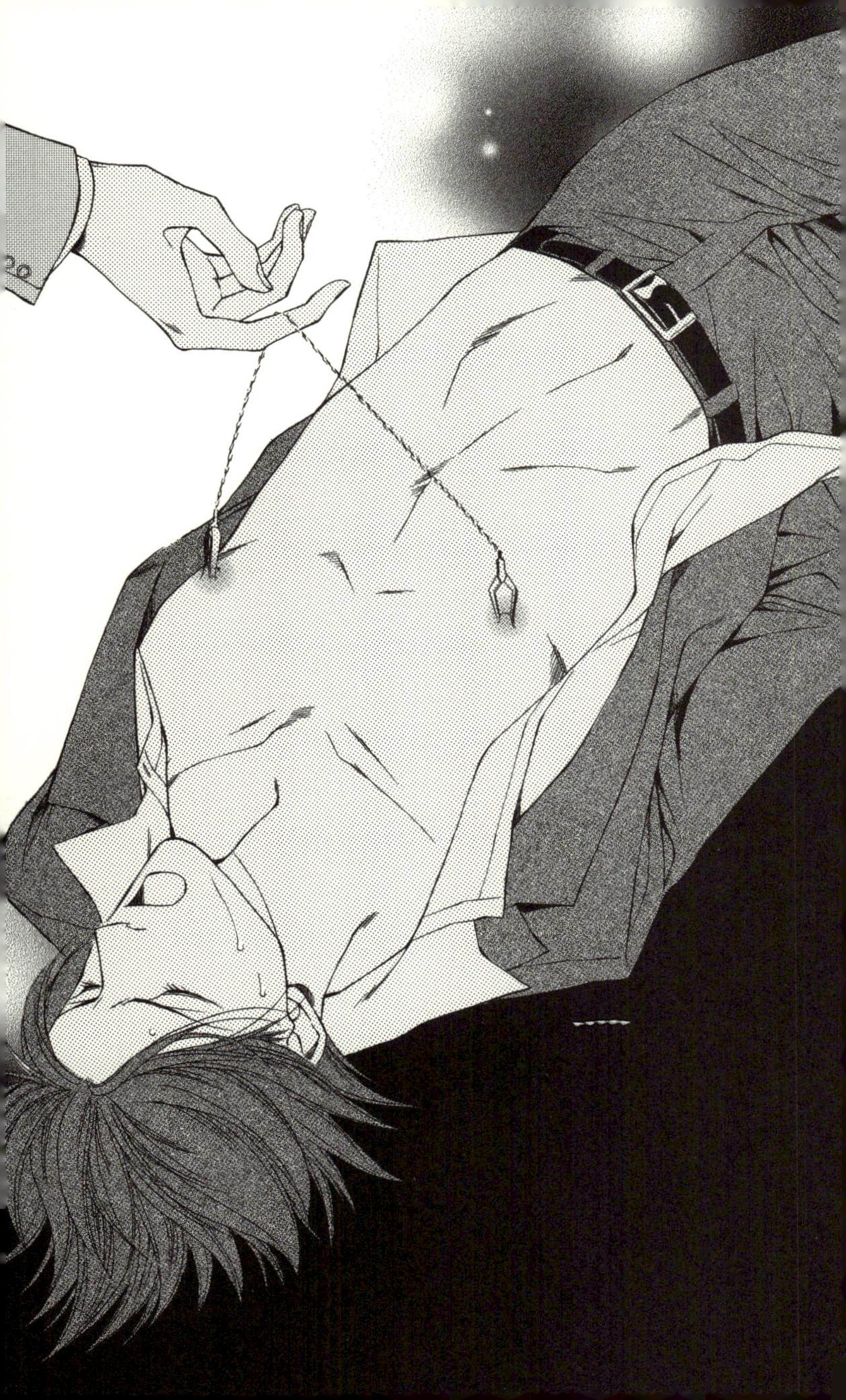

うだった。

鳥肌立つような痺れとともに、鎖を引っ張られすぎて片方のクリップが外れた。

「っひ、……っく！」

不意に鮮明に襲いかかった痛みに、一際高い悲鳴が上がる。

残った片方もほんのかすかな部分が嚙まされているだけで、そこからじんじんとした熱い疼きが絶え間なく広がっていく。だが、それすらも英孝の身体は快感にすり替える。

「イクか？」

遠野の手が鞭を振るうように動く。

その途端、乳首が引きちぎられそうな痛みとともに、もう片方のクリップも外れた。その一瞬に英孝は絶頂に達し、性器の先端から白濁をあふれさせた。


頭がひどくどんよりとしている。まだ夢うつつの状態にあった。それでも、次第に意識が現実に引き戻され、英孝は低くうめいた。

何か硬いものに、あごがもたれかかっている。薄く目を開くと新宿の飲食店街のネオンがぼやけて見え、肌を撫でる夜風に頭が混乱した。

すぐには、今、自分が置かれている状況が把握できない。目と身体をぎこちなく動かしながら、自分の今の状況を把握しようとする。

全裸で両手を手錠でつながれていた。その鎖はベランダの柵に通されていた。柵は上下に伸びているので、手錠ごと腕を上下に動かすことはできたが、左足首も足かせでつながれ、その片端を柵の上のほうに固定され、右足首も同じように下のほうに固定されている。足を閉じることができない。

吹きあげてくるビル風が、全身の皮膚を余すことなく刺激していく。ベランダの柵にかろうじて肩とあごで引っかかっていた姿だったが、バランスを失って柵の内側に倒れこみそうになる。だが、両足をそれぞれ足かせでつながれているために、片足で立ち、大きく足を開いた淫猥な姿から逃れることができない。

最高級マンションにふさわしい青銅色の瀟洒《しょうしゃ》な柵にはその形自体が模様となっているだけで目隠しになるものは何もなく、十階下の通りから自分の姿が見えてしまいそうで、鼓動が跳ね上がる。

歌舞伎町のネオンはまだまだ明るく、街灯は煌々《こうこう》と灯っていた。

周囲のビルの飲食店の窓がすぐそばに感じられ、無数の窓のどこかから、自分の姿を見られていそうで、恐怖がつのった。

これでは素っ裸で通りに投げ出されたも同然だ。いつ、誰に見られて、騒がれても不思議じゃない。

こんなことをしたのは遠野だろう。

どうにかしてこの姿から逃れなくてはならないと、英孝は手足を拘束する枷《かせ》を鳴らした。

だが、枷は外れず、自分の恥知らずな姿を意識すればするほど、焦りに身体が熱くなっていく。

普通の人間なら、こんな姿でいきなり放置されたら、快感を得るどころではないはずだ。

なのに、英孝の恥知らずな身体はこの異様な状況に刺激され、無数の窓から見えない視線を感じて、昂っていく。

ガクガクと膝が震え、毛穴という毛穴が開き、肌が火照って汗がにじんだ。

ゾクッと震えて襞が収縮したとき、その動きに押し出されて足の奥から、つ、と生暖かいぬめりがあふれ出したのがわかった。

「……っ」

――濡れてる…んだ…。

さきほどの絶頂の余韻か、英孝の熱くただれきった後孔が淫らな分泌液を垂れ流している。

あまりに淫猥な自分の身体の反応に、泣きだしたいような気分になった。

身体から力が抜け、諦めが英孝を支配する。自分はこんなどうしようもない人間だ。悔しくて、悲しくて、なのに火照った身体の熱を冷ますことができない。絶望に満ちた熱い吐息をこぼしたとき、力強い手が英孝の腰をなぞった。振り返る余裕もなく、足の間に奇妙な弾力を感じさせるものが押し当てられ、いきなりそれが後孔に突き立てられた。

「ぁああ……っ！」

遠野のペニスを入れられたのかと思った。

大きなものがぐっと、括約筋を押し開く。

――っぁ、……っ、……入って……くる……！

狭い入り口を強引にこじ開けられる衝撃に、全身が硬直する。反射的に身体に力がこもり、それを拒もうとした。

――犯される。いつ誰に見られるのかわからない、ベランダで。穿《うが》たれている淫らな部分を、隠しようもなくさらけ出して。

英孝は目を見開く。

全身の血液が沸騰する。

限界まで押し広げられ、それ以上は無理だと思った次の瞬間、それはずるっと中に入りこんだ。その動きとともに、体内の粘膜が刺激される。襞の動きとともに、ぞくっと鳥肌立つような鋭い愉悦が身体を貫いた。

――今、の……？

何だか奇妙な体感だった。

生身の男に犯されるのとは何かが違う。それがよくわからずにとまどっていると、また括約筋が先ほどと同じように無理やり押し広げられた。

そして、これ以上は開かないと思った直後に、甘い悦楽が英孝を打ちのめし、狂おしいまでの衝撃とともに急に楽になった。襞がひくひくと蠢きながら、押しこまれたものにからみつく。

ようやく英孝は、自分に入れられているものの形状を理解した。丸い玉を無数に連ねた形のバイブのようだ。

苦痛と悦楽を交互に味わわせながら、とても大きく感じられる玉が三つ、四つと立て続けに入ってくる。そのたびに英孝は狂おしいぐらいに入口を刺激され、腹の中をいっぱいにされていく。

「…もう、……入れるな……っ！　無理……！」

まともに息ができない。吐き出す息がひどく熱く、口を開けば浅ましいよがり声が漏れそうだった。休む間もなく与えられる刺激に、勝手に痙攣が起こり、どこにどう力をいれていいのかさえわからない。

昔はこのようなものをどう受け入れていたのだろうか。

「これくらいで音をあげるな。根元まで全部、くわえこめ」

残酷な要求に、英孝は泣き出しそうに顔を歪め、首を振った。

だが、遠野はためらうことなく、また一つ玉を押しこんだ。

めりめりと、括約筋が押し広げられる。

「あぁ、……っん、……っぁあ……っ！」

入れられるたびに、むせび泣くような声が漏れた。きつい部分を、異物で押し広げられるたびに、不安と恐怖を覚える。なのに、いやらしい下半身は押しこまれるたびに跳ねあがり、入れられたものをきゅうきゅうと食い締め、からみつき、むさぼっていく。

刺激の大きさに、半ばパニックを起こしかけていた。涙と涎で、いつの間にか顔がぐしゃぐしゃだった。

「……っ、ふぁ、あ……っ」

おそらく八個ほど入れられた後は、もはやまともに反応できなくなっていた。

苦しい。

腹の中がいっぱいだ。

動かされもせず、ただ中に存在しているだけでも、その凹凸は英孝に叫び出したいほどの圧迫感を伝えてきた。

「これは、抜くときのほうが悦いそうだが」

遠野のいたぶるような声が聞こえ、英孝は無意識のうちにそこに力をこめる。そのタイミングを見計らったように、バイブがぐっと引っ張られた。

内側から括約筋を押し開きながら、異物が引き出されていく。その慣れない刺激を受け止めきれず、一つ出るたびにそこにぐっと力をこめずにはいられない。そのたびに、異物の動きが止まる。

引っ張る力と引き止める力が拮抗《きっこう》し、強く締めつけた異物の出っ張った部分が、襞に擦りつけられて、惑乱を誘う。甘い痺れが走り抜け、じわりと蜜が分泌される。

ぬるりと異物が滑り、一個か二個まとめて引き出された。

「っぁあ!」

背筋を電撃が襲いかかる。あまりに強すぎるその刺激を味わうのが怖くて、出されまいと必死で締めつけたが、出口にかかった次の玉がすでに内側からぐっと縁を押し開いていた。

「っぁ、……っぁ、あ、あ……っ」

抜き出され、腰がガクガクと跳ねあがる。

その衝撃が消えないうちに、また次の玉が抜かれた。引き出される動きに合わせて、体内の玉も襞を強烈に刺激する。

「つぁ、……うぁ、ゃ、……っい、……ぁ、あぁ……っ」

抜かれるたびに、灼けるような衝撃が広がった。熱くただれきった粘膜は衝撃を和らげるために分泌液を絞り出し、全部抜かれたときにはそこはぬるぬるになっていた。

「は、……っぁ、……あ……」

ようやく体内に何もなくなったのを知って、英孝は全身から力を抜く。

だけど、中が疼いていた。もっと刺激を欲しがるようにきゅうっと閉じては、誘うように開くそこに、遠野は抜き出したばかりの異物を突き立てた。

「これでまさか、終わりだと思ってはいないだろうな」

ぬるん、と括約筋が押し開かれ、再び球を呑みこまされた。英孝の身体が大きく跳ねた。

「っぁ、あ、……っぁ、あ……っ」

さっきよりも早いスピードで、バイブの玉が一個ずつ挿入されていく。

さきほど入れられたので全部だと思っていたのに、そうではなかったらしい。二度目には、さらにたくさんの球を体内にぎゅうぎゅうに押しこまれた。

そこを押し開かれる感覚に、英孝はなかなか慣れることはできない。

腸の奥のほうまで異物で押し開かれ、おかしくなりそうだ。

お腹をぎっしりにされて、その圧迫感から逃れようと、襞がざわりと蠢いた。

「つらいか?」

「……つ……らい」

そうとしか言えない。体内にあるもののことしか考えられない。

狭い窮屈な部分を無理やり押し広げられ、身じろぎするたびに中で異物が擦れるのがわかった。呼吸をするだけでも、その存在感に苦しまずにはいられない。

なのに、じわじわと襞が灼け、もっと刺激を欲しがって後孔が疼く。

生理的な涙で濡れた睫《まつげ》を押しあげると、柵の向こうに歌舞伎町のネオンが映る。誰かにこの自分の姿を見て、笑って欲しいような思いすらこみあげてきた。尻尾のように足の間からバイブを生やしているこの姿を。

「どうして欲しい？」

遠野の声に刺激されて、英孝の襞がひくんと収縮する。ここに遠野の性器を入れられて犯されることを、頭が勝手に思い描き、背筋を倒錯した欲望が灼いていく。

「抜け……」

苦しさにうめくと、遠野が嬲るような甘い声で言った。

「そうではないだろう？　おまえが今望むものは何なのか、ちゃんと考えてみろ」

遠野の声が、英孝の中に潜む淫らな欲望を赤裸々に暴き立てる。

──犯して欲しい。

ひどく疼くここに、遠野のペニスが欲しい。男を知っている身体は、それなしでは収まりそうになかった。だが、そんなことが口に出せるはずがなかった。

「キチンとおねだりできないか？　ならば、その口が軽くなるようにしてやろう」

次の瞬間、強い電流が走ったような衝撃に、英孝の身体が跳ねあがった。

体内に入れられたバイブが動きだし、玉の一つ一つが淫らに英孝の襞を擦り始めたのだ。

「っうぁ、……ぁ、……あ、あ……っ」

これが動くとは考えてもいなかった。

球が襞を擦るたびに生じるかすかな痛みは、逆に快楽の甘さを引き立てるだけの効果しかもたらさなかった。

感じるところを玉の一つが擦りあげ、その衝撃に意識が飛びそうな刺激が立て続けに襲いかかる。その感覚を少しでも軽減させるために、腰が揺れてしまう。こんな形で拘束されていなければ、その場に崩れ落ちていただろう。それほどまでに身体が揺れ、立っているだけでも精一杯だった。柵を強くつかんだ手が、汗で滑る。

「目を開け。下を見ろ」

「……っ」

体内の感覚を少しでもごまかしたくて目を開くと、無数の窓とネオンの光が飛びこんできた。

「こんなふうにおいしそうにバイブをくわこんでいるおまえを、誰かが見ているに違いない。一緒に探してみようか」

灯りの一つ一つが無数の目に見えた。この姿を見られたくなくて身体に力がこもればこもるほど、バイブの凹凸が残酷なほど襞をえぐりたて、英孝はただのたうつことしかできない。

英孝は首を振り、必死で身体の中の感覚を振り切ろうとする。

だが、前立腺に襲いかかる恐ろしいほどの振動が消えるはずがない。

「っぁ、あっ、あっぁ……っ」

性器が痛いほど張り詰め、あまりの気持ちよさに、時折意識が遠くなる。唇の端からあふれた唾液が、ベランダの床まで長く糸を引いた。

「イキたいか」

尋ねられて、英孝は言葉も出せずにうなずく。目の焦点すら合わない。

「だったら、抜いてやろう。一気にな」

さきほど味わわされた苦痛と快楽を身体が思い出し、沸騰していた頭に一瞬だけ正気が戻る。その凄まじい感覚を期待したのか、ひくりと襞が縮んだ。

「抜いてください、ご主人様、と言ってみろ」

遠野の声は、ますます甘さを帯びてきた。英孝が追い詰められるほどに、その声は支配力を増していくようだ。

飼い慣らされた過去が、英孝に教える。

服従したほうが楽だ。そうすれば、欲しいものが与えられる。だが、頭の片隅に残る理性がどうしても悲鳴をあげる。

自分はもう、過去の自分とは決別したはずだ。

主人など持たない。飼い慣らされ、命令に従う奴隷にはならない。

誘惑に膝を屈したくなりながらも、英孝は必死で声を押し出した。

「いや……だ……っ」

「嫌か」

途端に、中の振動が弱くなる。爆発寸前だったペニスは、射精に必要な快感を不意に見失い、とまどいに全身が痙攣する。

――いきたい……いきたい……っ。

手段を奪われると、餓えが身体を襲うようになった。

灼けつくような熱を孕んだ後孔の襞は、焦れったいばかりの振動しか与えてくれないバイブをきゅうきゅうと締めつけ、懸命に快楽を集めようとしていた。

だが、欲しいものは手に入らない。

射精を求める切実な欲求が、英孝の身体を淫らに灼きつくしていく。

この憎たらしい男に膝を折り、許しを乞う自分を想像しただけで、頭が興奮に溶けそうになる。堕ちていく自分を押しとどめる気持ちは時間とともに薄れ、疼く下肢を持てあまして、苦しさにあえぐしかない。

「抜いてください、ご主人様、だ」

そそのかすように遠野が囁く。それが、自分を救ってくれる言葉だった。英孝は頭を真っ白にしてつぶやいた。

「抜いて、……くださ……い……っ」

その声が頭に響き、ハッと理性が蘇る。だけど、口にしてしまった言葉は取り戻しようがない。

遠野が冷徹に尋ねてきた。

「ご主人様、は?」

言ってはいけない。むなしい関係を繰り返したくない。肉欲は肉欲でしかなく、終わった後には自己嫌悪だけが残される。だが、体内で熱く渦巻く欲望が、このままの状態でいることを許してはくれない。

「ごしゅじん……さま……っ。射精させて……ください」

狂おしい身体の要求に押し流され、かすれた声で一気に告げた。

ご褒美のように、バイブが抜き取られた。

バイブの玉の凹凸に激しく襞を刺激されて、英孝は絶頂へと昇りつめた。からみつく襞をめくれさせながら抜き取られて、精液をまき散らす。

「っぁああ……っ!」

何度も身体がのたうつ。

強すぎる快楽に、意識が塗りつぶされる。


ぎゅっと、ペニスの根元を押さえつけるような奇妙な体感に、英孝は身じろいで意識を取り戻した。

「気がついたか」

全身がだるくて力が入らず、簡単には起きあがれそうもない。

だが、この男の前で無防備に横たわっていることはできずに、鉛のように重い身体を叱咤《しった》して腕を突っ張り、上体だけ起こした。

ぎしぎしと全身の関節や筋肉が、悲鳴をあげている。不自然な姿で長時間、ベランダの柵に固定されていたからだろう。

見回すと、ホテルの一室のように整えられた寝室の、ベッドの上にいるのがわかった。

全裸だったが、下半身に残る違和感が気になって視線を落とすと、性器の根元に黒のバンドが巻きつけられていた。

「何だこれは」

さきほど目を覚ますきっかけになったのは、これを装着させるときの感覚だったらしい。

性器に巻きつけられた黒い人工物は、ひどく淫らな気分にさせる。まるで遠野の所有物にされたような、拘束感があった。

「外せ」

「ダメだ」

にべもなく断られ、うまく力が入らないながらも、英孝は手を伸ばして、そのバンドを外そうとした。だが、柔らかな素材で作られたそれは、見た目に反して頑丈だ。どうやったら外せるのかといろいろ弄ってみたら、継ぎ目に小さな鍵穴がついていて、その部分で装着する仕組みらしい。外せないなら強引に性器を抜くしかないだろうといろいろ試してみたが、その素材に収縮性はあまりなく、どうしても張り出した先端の部分が通らない。無理に抜こうとしても、敏感な肉で擦れて痛みが広がるだけだ。

英孝の試行錯誤を冷静に見ていた遠野が、口を開いた。

「新テクノロジーにより開発された、特殊な構造の糸で作られた品だ。人の力はもちろん、家庭用の刃物ぐらいでは切断することはできない。熱で溶かすこともな。いろいろ試してくれていいが、大切なところをケガするだけだ」

遠野の言葉に絶望的な気分が広がる。

全裸の英孝に比べて、遠野は来たときに見たスーツ姿をまるで乱してはいなかった。ベッドの横の床に立ち、落ち着き払った様子で英孝を見下ろしている。

さんざん辱められ、何度も達して浅ましい姿を見せた英孝とは対照的に、遠野はますます強靭《きょうじん》さと無慈悲さを感じさせた。

遠野に飼い慣らされていくような不安を覚え、英孝は抵抗せずにはいられない。遠野のもたらす悦楽は、全てを忘れてしまいそうなほどに甘かったが、心がまるでつかめなかった。

「こんなことをして、何になる……！　俺が正式におまえを訴えれば……」

この男に囚われたくはなかった。

与えられる快感には逆らえないものの、対等な関係でいたい。誰とも、身体だけのむなしい関係など結びたくない。

「訴える？　おまえにそんなことができるものか」

遠野は鼻で笑った。

「誰より淫らな本性を抱えながらも、本能のままに浅ましく男を漁ることもできず、その秘密を一人で抱えてきたのだろう？　それほどまでにプライドの高いおまえが、ベランダでの一部始終の動画を、合意の証拠として同僚に見られることなど望むはずもない」

　――ベランダでの一部始終の動画だと……？

　そんなものを、遠野は撮影していたというのだろうか。

　訴えたら、合意の証拠として遠野は、あの破廉恥《はれんち》な姿を提出するつもりなのだ。検事としての体面に縛られ、自分の性癖を恥じている英孝に比べて、遠野には失うものは何一つないのかもしれない。

「何が目当てだ」

　押し殺した声で、英孝は尋ねた。

「こんなものまでつけて、俺を飼い慣らそうとして。――おまえは何を狙っている。おまえの目当ては、榎本の釈放などというチャチなものではないはずだ。これを足がかりに俺を従属させ、もっと大きな獲物を手に入れようと狙っている。そのはずだ」

　突きつけると、遠野は一瞬だけ目を見開いてから、満足気に微笑んだ。

「いい勘だ。それこそ、俺が見こんだ通りの検事だよ」

　遠野はそれ以上答えようとしなかった。

「それをつけたままでも、小用は足せる。だが、勃起すれば食いこんで、射精することはできない。我慢できなくなったら、俺のところに来い。それを外して、射精させてやる」

　信じがたい方法での束縛に、英孝はきつく拳をにぎった。

「こんなことで、俺を…操れると思うな……っ」

叩きつけた言葉は、遠野をますます楽しませるだけの結果でしかなかった。

「それは日を追うにつれて、締まってくる。意地を張ってそのままにしたら、血が通わなくなって壊《え》死《し》するかもしれない。一週間に一度は必ず来い。最悪の死に方をしたくはないだろう」

「そんな脅しになど、屈するものか……っ」

英孝は声を押し出した。

だが、不意に手を伸ばされ、あごをつかまれて引き寄せられる。

そんなふうに触れられることなどまるで予期していなかった英孝は、バランスを崩した。顔が寄せられ、唇がぺろりと舐められる。獣が獲物の味見をするような仕草だった。濡れた生暖かい感触に、英孝は大きく震えた。

唇を奪われることで、他の何か大切なものまで奪われるような気がして、顔を背けようとする。

だが、唇を追われて再度口づけられた。

深くなっていきそうなキスに怯えて、英孝はきつく歯を食いしばる。身体を嬲られても、心までは明け渡したくなかった。

ぐっと拳を握って遠野の身体を押しやり、唇をもぎ離す。

「俺の服はどこだ」

イライラと部屋の中を見回しながら、ベッドから下りた。

全てが遠野のペースなのが、悔しくてたまらない。

遠野と自分はさして年齢が違うわけではないだろう。筋肉のつきと肌の張りを見たら、十も違わないはずだ。だが、遠野のほうがずっとしたたかで、何事にも動じない。遠野からは闇を感じた。暗く冷たく、誰も信じていないのではないかと思えるような孤独を、彼はその全身に抱えこんでいる。だからこそ、突き放されたような気分になる。ひどく冷めた目で英孝を見る。その目が英孝を苛立たせる。まるで遠野には近づけない。

自分だけがひたすら、裸にされていくようだった。

英孝は寝室のソファの上にまとめて置かれていた自分の服を見つけ、几帳面に畳まれていたそれらを身につけていきながら、遠野に質問を叩きつけた。

「何故、暴力団の顧問などしてる？　やはり、金が目当てなのか」

だけど、金以外に何かがあるような気がするのは、英孝の思いすごしだろうか。

遠野はどうでもよさそうに答えた。

「顧問じゃない。たまに、どうしてもと乞われて手伝うだけだ」

「断ることはできるはずだ。現に大多数の弁護士は、暴力団の仕事を断ってる。そうしないということは、おまえが望んでいるということに外ならない」

「おまえは冤罪に関わったことがあるか」

思わぬ形で切り返されて、英孝はネクタイを結びながら、眉を跳ねあげた。

「何だと？」

「俺は留置場に放りこまれたことがある。知ってるか？　あの絶望と恐怖を。――何も悪いことなどしてないのに、どこからも助けは来ない。自分が今まで積み重ねてきたキャリアが全て崩壊し、思い描いていた夢も消え、全てが暗闇となる恐怖を」

——どういうことだ？

英孝はとまどって、遠野を見つめた。

遠野は弁護士なのに、逮捕されたことがあるのだろうか。

「何をしたんだ」

尋ねても、遠野は謎めいた笑みを浮かべるだけだ。

英孝は質問を変えるしかない。

「榎本を不起訴にしたら、おまえは俺につきまとうのを止めるのか」

「まさか」

遠野はさも意外なことを聞いたように、肩をすくめて笑った。

「おまえのような逸材を、そう簡単に手放せるはずがないだろう。——もっとたっぷり遊んでやるよ、英孝。おまえが自由になるまで」

「自由？」

どういう意味なのだろうか。

彼はその答えを英孝自身が見つけるのを期待するように、ただ黙って見つめるだけだった。

〔四〕

翌朝。

英孝は地検に出勤するなり、榎本の事件のファイルを棚から引き出し、被害者となっている運転手に電話を入れた。

あらためて聞きたいことがあるから、地検まで足を運んでくれと伝えると、運転手はその電話がかかってくるのを待っていたような勇んだ反応を見せた。

すぐにでも行くと言ってくるのを受け流し、四日後の来庁を約束して、電話を切る。

——ふざけやがって。

英孝は人知れず、悪態をつく。

この様子では、運転手は遠野が言ったように供述を翻すに違いない。

全てが遠野の思う通りの展開になっていくようで、面白くない。

榎本を起訴して裁判でひっくり返されるぐらいなら、最初から不起訴にしたほうが手間もかからないし、地検としてのメンツも保てる。どう判断するかは、運転手の供述を取り直してから決めることにした。

四日後に運転手が来るまで、榎本を保釈していいものなのか、その背景を調べなければならないだろう。遠野が言ったように、大陸マフィアの進出がからんでいるのか、それとも麻薬取引がらみなのか。どっちにしても、相模原組の幹部を動かし、遠野が動くような事情が付きまとっているに違いない。

——しかし、遠野の正体とはいったい何だ？


頭も切れそうなあの男が、何がきっかけで、暴力団との関係を持ったのか。それを知らないことには、落ち着けそうもない。

出勤してきた宮田に、英孝はふと尋ねてみる気になった。地検の職員の間で交わされているうわさ話を、宮田はよく知っている上に、生の遠野を見て興奮していたからだ。あの後、いろいろ聞きこんでいるに違いない。

「伝説の弁護士についての新しい情報を何か知らないか？」

案の定、宮田は待ってましたといわんばかりの顔をした。

「ヤメ検だって、ご存じでしたか？　七年前まで、この東京地検にいたそうですが」

「ヤメ検だと？」

英孝は言葉を失った。

検事は、どこか似たような雰囲気をまとっている。身なりがピシッとしていて姿勢が良く、相手を見据える瞳に力がある。

言われてみれば、遠野の全身からは同類の匂いが漂っていた。

「どうして検事を辞めた？」

不穏なものを感じた。

検事が退職する理由は、いくらでもある。多忙を極める検事の仕事に燃えつきたり、体調を崩して退職するものも多い。検事を辞めた後に弁護士に転身するというのも、一般的だ。だが、遠野の場合は別に理由があるような気がしてならない。昨日の、留置所の話が蘇る。

「退職する一カ月前、遠野弁護士——当時は検事ですが、勤務していた東京地検に告訴されたそうです。検事でありながら、管轄内の指定暴力団である若里組の幹部から、高級クラブの接待やデート嬢の世話をされたと」

思わぬ情報に、英孝は絶句した。

そんな情報があるのなら、どうしてとっとと知らせない、と宮田の襟元をひっつかんで聞き出したくなるが、遠野と英孝の秘められた関係を彼が知るはずもない。ここ一週間というもの、英孝は周囲の気配に過敏になってやたらとイライラしていたから、仕事以外の話には触れられなかったのだろう。

「それで、遠野はどうなった？」

「当の遠野弁護士は事実を否認。若里組の幹部の証言と、高級クラブの従業員やデート嬢による証言があったそうですが、結局は証拠不十分として、不起訴処分になったとか」

「それは変だ」

英孝は即座に言って、机で両手の指を組み合わせた。

「収賄罪三十万というのは、内部告発するにしては、微妙すぎる額だろう。たとえ金額の問題ではなかったとしても、証拠不十分で不起訴となるようなお粗末な告発をするなんて、検察庁の恥となるだけだ」

検察庁はやたらと体面にこだわる。そのことは、有罪率九九・九パーセントにも現れていた。

「現役の検事を告発するからには、十分な証拠を固めてから、というのが、最低限の条件ですよね」

宮田も納得できないところがあったのか、同意した。

「明らかに、懲罰的な告発だな」

英孝はつぶやいて尋ねた。

「当時の担当検事は？」

もっと詳しく知りたかったが、当時、この東京地検にいなかった宮田も同僚に聞いただけらしく、それ以上は知らない様子だった。

ならば、当時の事件のファイルを直接当たってみればいい。

うさんくさい事件であることだけは、明らかだった。


英孝はその日、宮田が目を丸くするほど集中して取り調べを行い、猛スピードで調書を作成し、仕事を終えるなり、地下の資料室に向かった。

トイレに行くたびに、遠野にはめられた性器のバンドの存在を意識し、不愉快でならない。職員に見られないようにするために、いちいち注意しなければならなかった。

どうにか外そうとしてみたが、遠野が言っていたように、英孝の家にあった包丁ではほんの少しの傷すらできなかった。下手に刺激を与えたことで性器が刺激されて勃起し、その後しばらく地獄の苦しみを味わったほどだ。

病院に行けば、メスやレーザーメスなどで外してくれるだろうが、さすがにそこまでの恥はさらしたくなかった。

英孝は資料室の七年前の資料が並べられた棚の前に立つ。

確定判決以外の記録は、事件後三年を経過すると公的には閲覧《えつらん》できなくなるが、ここではスペースが許すかぎり、過去の記録がそのまま保存されていた。

棚にずらりと並ぶ中で、日付を頼りに英孝は一件のファイルを見つけ出した。

『遠野雄哉《ゆうや》事件』

——これだ。

英孝はそのファイルを棚から抜き出す。踏み台として使用する三段ばしごの一番上に広げて、即座に読み始めた。

大枠は、宮田から聞いた通りだった。

担当は、西岡《にしおか》という検事だ。英孝と面識はない。ふと気になって、当時の刑事裁判の地検側の責任者を調べてみると、弓狩次席検事だった。弓狩は七年前も、東京地検に配属されており、また最近、舞い戻ってきたようだ。

遠野が退職したのは、この事件がきっかけだと考えて、間違いないだろう。いきなり逮捕、収監され、裁判にかけられ、証拠不十分で釈放される。プライドの高い検事にとっては、許しがたい屈辱となったはずだ。

——しかも、おそらくこれは冤罪に違いない。

この不出来な調書を読めば、そのあたりの事情は読み取れる。若里組の幹部や従業員の証言ぐらいしか事件を立証できるものはなく、証拠としても挙げられているのもでっちあげに違いない領収書しかない。

裁判所もこれらには信憑性《しんぴょうせい》がないとして、遠野は無罪放免となった。お粗末すぎる内部告発の結末だ。

——有罪にするのが目的ではなく、見せしめとしての内部告発だ。

さらに事実関係を掘り起こそうと資料の細かい部分まで夢中になって読んでいると、資料室のドアが開錠される電子音が聞こえてきた。

こんな深夜に、こんなところにやってくるのはどこのどいつだろうか。

このようなファイルを閲覧しているのが知られたら面倒な気がして、棚の元の位置に押しこんでから、正反対の場所にあるファイルに手を伸ばし、三段はしごの上に広げる。その偽装ができたときに、棚の向こうから男が現れた。

ドキッとしたのは、あの事件の黒幕と思える人物——弓狩次席検事だったからだ。あのような冤罪を一介の検事がでっちあげられるはずがなく、上司である弓狩が関わっていることは明らかだ。

「君か。ここで何をしている?」

あやしむように英孝を見てから、近づいてきた弓狩は開いてあったファイルを反対側からのぞきこんだ。

英孝はいつものように、愛想のかけらもなく返した。

「強盗強姦事件についての事件記録です。似たような事例を担当するようになりましたので、調査方法や立証方法などの参考にしようと」

弓狩の目は疑い深く、ファイルに向けられていた。とっさの機転でこのファイルをつかんで良かった。今、抱えている事件の中に、まさにこれと同じ事例があったからだ。

だが、それだけでは上司の疑いは晴れないらしい。顔をのぞきこまれながら、言われた。

「最近、よくここに出入りしているようだな。他には、何を調べてる？」

よくというほど、出入りしているわけではない。暴力団の関わる身柄事件の起訴不起訴を調べるために、三回ほど出入りしただけだ。だが、この資料室を、この上司がやたらと気にしていることだけはわかった。

資料室は常に施錠されており、出入りにはカードキーを使用する。次席検事という立場にある弓狩には、カードキーの使用状況をコンピューターで確認できる権限があるのだろう。

英孝は相手の反応を探りながら、言った。

「調べるも何も、時間があれば過去の記録を閲覧するのは、私の趣味ですが」

「そんな趣味を、ここ最近、急に持ったのか」

やたらとからまれているような気がする。

「赴任してからずっと、忙しかったですから。ようやく要領よく調書を作成することを覚えて、少しだけ自分の時間が取れるようになりました。ですから、夜のお楽しみとしてここにこもってます。全国の一割に当たる膨大な事件を、年々扱っている東京地検のこの資料室は、私にとっては宝物庫のようなところです」

半ば本気なだけに、喋っているうちにそんな気になってきた。

英孝は周囲のファイルを満足そうに眺める。検事や事務官の中には、事件オタクと言われるような人間も少なくない。それでも、弓狩は英孝に対する警戒を完全に解いたわけではなさそうだ。

しばらく、どう対応しようか考えこむような顔をしてから、高圧的に命じてきた。

「おまえのような若者が、こんなところで夜のお楽しみを得るのはまだ早い。もっと普通の、あるべき楽しみを教えてやる。これから飲みに付き合え」

「結構――」

です、と英孝は即答しそうになったが、逆にこれはチャンスかもしれないと思い直した。

遠野の件の裏の事情が知りたくてたまらない。

答えを持っているかもしれない弓狩に事件のいきさつを尋ねても、警戒されるだけでまともな情報が得られないとわかっていたが、事件に深く関わっているだろう弓狩の人となりが知りたかった。

権力志向の強い俗物というイメージしか思っていなかったが、この弓狩は気に食わない検事を内部告発してまで葬ろうとするほど、身勝手な人間なのだろうか。それとも、遠野の側に何らかの過失があったのか。遠野が悪人なのか、そうでないのかもまだわからないままだ。

弓狩は英孝がいつものようにすげなく断らないのを察したのか、満足そうに笑った。

「来い。今日は二人きりだ。とっておきのお楽しみを、おまえに教えてやる」

きっとろくでもないお楽しみに違いないと思うと、げんなりする。だが、英孝は諦めて小さく息を吐き出し、弓狩と肩を並べた。

弓狩がタクシーで英孝を連れて行ったのは、銀座《ぎんざ》の高級クラブだった。

あちこちにある大ぶりの花瓶に生花が活けられており、ピアノの生演奏が流れている。弓狩が席につくなり、この店のママだという綺麗に髪を結った和服の美人と数人の女性が、二人を囲んだ。

英孝はこういう店は苦手だった。いろいろ話しかけられてもぶっきらぼうに答えることしかできず、所在なく酒を口に運んだ。ただバカラのグラスに注がれた酒は芳醇《ほうじゅん》で口あたりが良く、どんどん杯を重ねていた。いつの間にか許容量を超えて呑んでいたようだ。

気がつけば、世界がぐるぐる回り、瞼《まぶた》が重くなっていた。

「すみません。少し寝ます」

英孝は寝心地の良さそうなソファの肘掛けに顔をもたれかけさせ、半ば目を閉じながら言った。弓狩のことについて知りたくて、さりげに隣の会話に耳をすましていたが、上司はどうでもいいことを喋っているばかりだ。ひどく退屈していた。

「何を言ってるんだい、河原崎くん。こんな、きれいどころに囲まれて」

美人の揃《そろ》う銀座のクラブにわざわざ連れて来てやったのに、まるで女性に興味を示さない英孝が、弓狩には不満でならないようだ。

寝るなんて失礼だよ、と言う上司の声を聞き流し、英孝は睡魔に負けて目を閉じた。昨日は遠野との件があって、ほとんど眠っていない。こんなにも眠いのは、そのせいだろう。

ソファにもたれて眠る英孝のことを、この男は変わり者でね、と弓狩が弁明しているのを子守歌代わりに聞き、夢うつつにピアノの生演奏や、女性たちが華やかに笑いざわめく声を聞いていた。

弓狩の声は、遠くなったり近くなったりする。

弓狩は英孝が眠ったことで、警戒心が薄れたようだ。数人の女性相手に、別人のように得意げに話しだす。ほとんどが自慢で、車やゴルフの話だった。趣味にかなりの金を費やしているらしい。

——どこにそんな金があるんだろう。

英孝はうとうとしながら、考えた。

どれだけこの店に頻繁に来ているのかわからないが、飲み代だって安くはないはずだ。次席検事である弓狩の俸給はかなりの高額ではあったが、家庭があり、妻と三人の子供もいる。高級車をぽんぽん買えるような贅沢な暮らしができるのは、せいぜい独身のうちだけだろう。

——何かが変だ。

英孝はぼんやりとした頭の中で、弓狩が所有していると話していた車の値段を、大雑把《おおざっぱ》に足していく。以前、中古車販売店の捜査を手がけたことがあって、高級車のおおよその値段は把握していた。合計していくと、とんでもない金額となった。

——まさか。

酔いが少し醒める。しかし、英孝は寝たふりを続けた。

もちろん、飲み屋での自慢話だ。全てが大嘘ということだってあり得る。だが、弓狩はママとかなり親しい仲のようで、ゴルフ旅行に誘っていた。宿泊は高級旅館にするらしく、打ち合わせをする話にリアリティと信憑性がある。

耳をすませているうちにまたうとうとと眠りこんでしまったらしく、肩を揺すられて英孝はハッと目を覚ました。

周囲を見回すと、数組いた客はすでになく、店内にいる客は英孝と弓狩だけになっていた。弓狩は立ち上がり、そろそろ店を出るような気配を見せる。

立ち上がろうとすると、弓狩は意味ありげな笑みを浮かべて英孝を席に押しとどめた。

「君はここでもう少し、楽しんでいきなさい」

「え?」

「ここで寝るなんて、無粋すぎる。その罰だ。君のことをもっと知りたいお嬢さんもいるようだ。彼女をエスコートして、失礼な態度の詫《わ》びをするんだな」

――どういうことだ?

わけがわからずにいる間に、弓狩は店のママと数人の女性に囲まれて、店をさっさと出て行ってしまう。英孝もその後を追おうとしたが、思い直した。さっき自慢話の中で耳にした弓狩の金遣いがどこまで本当なのか、聞いておきたい。ソファに座り直し、自分の横に残った女性に、ストレートに尋ねてみた。

「――うちのボスは、ここによく来るの?」

「ええ。毎日のようにいらっしゃいます。いつも、時間は遅いですけどね」

弓狩は職務上、夜の十時ぐらいまでは検察庁にいる。来るのが遅いのも、無理はない。

横にいるのは、落ち着いた雰囲気のある綺麗な女性だった。

長い睫で縁取られた猫のような目で、蠱惑《こわく》的に見つめられる。何気なく指と指をからめられて、眉を寄せる。普段なら素っ気なく手を振りほどくところだが、英孝は考えがあって、そのまま質問を続けた。

「うとうとしているときにボスの自慢話が聞こえてきたけど、あの話はどこまで本当なのかな？　うちは薄給で、そんなにも金があるはずないんだけど、ボスの家は資産家だと聞いたことがある？」

「薄給なんて、嘘ばっかり」

女性は全く英孝の言葉を信じていないようだった。

弓狩の金回りといい、英孝が身につけたスーツや靴の質の良さや、両親から贈られた鞄や時計を見れば、相手の経済状況はだいたい読み取れるのかもしれない。銀座の女は男の値踏みをするのに長けていると聞いたことがあった。

聞き出したところによると弓狩は職場について真実は語っておらず、不動産会社の重役だと言っているようだ。ここには何度か、腹心の部下を連れてきたことがあると言う。弓狩はここの支払いを滞らせたことはないし、ママだけではなく、店の子にまで、時計やバッグや宝飾品などの値の張るプレゼントを贈っているそうだ。

話が途切れたとき、彼女はするりと英孝に腕をからめてきた。柔らかな女性の身体の感触と、濃厚に漂った香水の匂いにドキリとする。びっくりするほど至近距離に顔を寄せられた。

「アフター、どうですか？」

英孝は自分から進んで、スナックやクラブに行くような人間ではなかったが、捜査上で得た知識によって、スナックなどで閉店後に、客と店の女性が食事やカラオケに出かけることを、アフターと言うことは心得ていた。

――何で俺が誘われてる？

うぬぼれるよりも、警戒心が先に立った。

英孝は女性にモテるほうではない。

顔立ち自体は整っているものの、仏頂面と険のある目つきがひどく冷たい印象を与えるらしい。女性と一緒にいても少しも楽しそうな顔は見せない男が、そもそも好かれるはずがないという自覚もある。

今日のこの店での態度も酷かった。ほとんど女性とは喋らずに酒を飲み、上司にたしなめられながら眠りに落ちたほどだ。

この女性がよっぽど変わった趣味でないかぎり、英孝を好むはずがない。

だが、先ほど弓狩が立ち去る間際に残していった、意味ありげな囁きを思い出した。

「――そうか」

かすかに口が動く。ここの常連である弓狩が、この女性に英孝をアフターに誘うよう、言い含めておいたに違いない。

あまりにも女っ気のない英孝に、大人の遊びを教えてやろうという上司の親心なのかもしれないが、英孝にはそれが罠のように感じられてならなかった。

暴力団が警察官を取りこもうとするとき、よく使われるのが博打と女だ。水商売の女の手管に丸めこまれた男は、理性を失って店に通い詰め、金を使い果たすのだという。それでも店通いを止めることができず、借金に借金を重ねて身動きできなくなったとき、暴力団が救いの手を差し伸べて、因果を含ませるらしい。

さすがにそんな手を弓狩が使うとは考えがたいが、強い警戒心があった。

英孝は彼女に尋ねてみた。

「うちのボスが言ったの？　俺をアフターに誘えって」

「それは……」

口ごもる女性に、英孝は滅多に浮かべることのない甘い微笑みを向けてみた。

「言ってよ。……ボスには秘密にしとくから」

頬が引きつりそうになるが、軽い口調とその微笑みは、取り調べの中で取得した最終手段だ。普段がぶっきらぼうなだけに、女性には意外なほどに効果的だということは確認済みだった。

その女性もドキッとしたように目を見張り、くすぐったそうに微笑んだ。

「そう。堅物の部下に遊びを教えてやれって」

「俺が誘いに乗ったら、君にも何か見返りがあるの？　ボスが君に、何かくれる？」

「そんなことはありませんけど。……いいお客さんですから」

さすがは銀座の高級クラブの女性らしく、それ以上つっこんで尋ねても、上手にかわされるばかりだった。だが、しつこく聞き出すと、弓狩はこの店の女性を采配するほど店で力を持っていることがわかった。

　この店のパトロンのようなことをしているのだろうか。どこからそれだけの金が出ているのかが気にかかる。俸給ではまかないきれないはずだ。

　弓狩を見送りに行ったママたちは、ずっと戻って来ない。そっちはそっちで、アフターに出かけたのだろうか。

　英孝はあらためて彼女から、一緒に店を出ようと誘われた。

「いや。悪いが、急用を思い出した」

　会計は弓狩のツケだと言われたが、強引に自分の飲み代を支払う。初回は、座ってボトル料こみで一人八万円だそうだ。

　その金額に仰天した。この分だと一カ月の支払いは、かなりの額になるに違いない。自分が支払いをしたことや、アフターを断ったことについては弓狩には絶対に黙っておいて欲しいと彼女に言い含めてから、一人で店を出る。

　弓狩に対する疑惑が、英孝の中でふくれあがっていた。

　弓狩はどうして自分を銀座に誘い、女まであてがおうとしたのだろうか。それほどまでに英孝を取りこむ必要があったのだとすれば、それは資料室で調べをしていたためとしか思えない。

　パソコンを法務省のネットワークにつないで、暴力団の身柄事件を洗い出すためのスキャンもしている。その履歴まで、弓狩は調べたのだろうか。

――だとしたら、俺が調べていることがすなわち、弓狩の知られたくないことか……？

敵にするには、恐ろしい相手だった。弓狩は東京地検の半数ぐらいの検事を自派閥に取りこんでいる。下手な動きをしたら、自分は遠野のように潰されるかもしれない。

ゾッとした。

気を引き締めなければならない。

仕事仕事で、まともに調べは進まなかった。

常時抱えている身柄事件で手一杯だった。

遠野についてや、弓狩の金回りの良さについての疑惑を抱えながらも、身動きができないでいたときだ。

昼休みの後、席を外していた事務官の宮田が戻ってきて、手にしていた紙を英孝に手渡した。

「どうぞ」

英孝は何だかわからないながらも、写真週刊誌らしきそのコピーに視線を落とす。

『現役検察官が語る「検察庁の裏金事情」』

――え？

英孝の表情が引き締まる。

こんな記事は見たことがない。コピーの余白に、宮田の字で写真週刊誌の誌名と発行年月号が記されていた。日付は七年前の八月だ。遠野が収賄《しゅうわい》罪で内部告発されたのと、同じ時期だった。

どうしていきなり、宮田が自分にこのコピーを手渡したのかと、強い警戒心がこみあげてくる。遠野の件を調べていることは、誰にも話していないはずだ。

「これは、……何だ?」

尋ねると、宮田は得意げに言った。

「検事が遠野弁護士のことを気にされていたようでしたので、同僚にいろいろ聞きこんでみたんです。そうしたら、この記事のことを教えてもらいました。入手には少々、手間がかかりましたが」

二年ごとに全国各地に転勤になる検察官とは違って、事務官は地検または高検単位のブロックごとの採用であり、異動もその範囲内となる。各地検の過去の事件については、事務官のほうが詳しいのかもしれない。

英孝はコピーに視線を落とした。

——検察庁に裏金だと……?

一時期は警察の裏金が社会を揺るがす大問題となっていたが、検察庁にまで裏金があると英孝は聞いたことがない。

だが、その内部告発という記事では、金の流れが克明に記されていた。

検察が極秘捜査のために計上している『調査活動費』という名目の予算がある。情報提供者への謝礼や、内偵調査の必要経費に使われるというその金の詳細については、一切公表されていない。この『調査活動費』を某地検の幹部がまるまる裏金にして、私的な遊興費やゴルフ代などにあてているのだと、記事には書いてある。さらに、業者との癒着による贈収賄もあるそうだ。

伏せ字ではあったが、東京地検の某幹部の豪遊についても、詳細に追及している。

その内容が、どうしても弓狩の件と重なった。

――まさか……。

この某幹部とは、弓狩ではないのだろうか。

記事の出た七年前に地検にいて、また今ここに配属になっている。

英孝は暴力団構成員の身柄事件の不起訴について調べていたが、不起訴になった件数が劇的に増えた九年前から七年前、そしてここ一、二年というのは、弓狩が東京地検にいた日付とぴったり重なる。

何やらあやしい符合を感じずにはいられない。

こんな裏金についての記事が、七年前に出ていたとは知らなかった。

「これは、本当のことか？　うちに裏金があるのか」

意気込んで尋ねても、宮田は困ったように肩をすくめるだけだった。

「うちに裏金が本当にあるのかどうかは、私のような下っ端は知りません。『調査活動費』など触ったこともありませんし」

「俺も、触ったこともない」

宮田はその記事の真偽についてまで追及するつもりはないらしい。

タブーに触れれば、地検内で暮らしにくくなる。この記事が出た当時も、宮田と同じような対応をした職員は多いのだろう。

この記事を得たことで、失われたパズルのパーツが揃った感覚があった。

遠野があらぬ罪をかけられて内部告発され、退職したその裏には、この記事がからんでいるはずだ。とんでもなくヤバいものを探り当ててしまった興奮と、それに巻きこまれていく恐怖が、背筋をかすめる。

宮田ですら信用できなくなって、英孝は強ばった顔を向けた。

「この記事が出た当時、どんな騒ぎになったか聞いたか？　とんでもない騒ぎになったと思うが」

七年前といえば、英孝は司法修習生として勤務していたころだ。何もかも初めてづくしの仕事に緊張し、自分のことだけで精一杯だった。検察庁全体を揺るがした遠野のこの告発に気づかないほど、心の余裕なく過ごしていたかもしれない。指導についた検事も、このようなマイナスの報道については、修習生に教えたがらなかったはずだ。

「東京地検は大騒ぎだったそうです。この内部告発をした検事が誰なのかと犯人捜しが始まり、おそらくは遠野弁護士――当時は、遠野検事ですが、彼に違いないという話になり、上司が呼び出して叱ったとか。ですが遠野弁護士は自分は正しいと一歩も引かなかったそうです。この記事の出た数日後に、テレビでの生中継も予定されていたそうですが、生放送当日の朝、いきなり暴力団からの収賄容疑で逮捕されたそうです」

――なるほど。

英孝はかすかにうなずく。

「だからこそ、遠野は内部告発されたわけか」

「おそらく」

「今の話は誰から聞いた？」

「古株の事務官です。当時、遠野弁護士の事務官をしていたそうです。怒ってましたよ。ことあろうに、清廉潔白な遠野検事が暴力団からのワイロなどを受け取るはずがないと。あれは口封じであり、見せしめだと。さすがに上に対しては当時も今も、直接、ものが言えないようですが」

宮田も興奮しているようだった。

東京地検に裏金があり、それを告発しようとした遠野が逆に収賄罪で告発されて、収監された。それは正義を守る地検の内情としては、あってはならないことだ。

だが、地検のボスがその気になれば、何でもできる。

遠野を収監し、その間、遠野の自宅や職場を家宅捜索し、遠野が集めた地検にとっての不都合な書類を探し出して焼却し、同時に検察内部にある裏金の証拠を全て湮滅《いんめつ》すればいい。

地検が本気で裏金を隠そうとするならば、これくらいのことはするだろう。

マスコミに圧力をかけるのも、地検としてはそう難しいことではない。

マスコミにとって刑事事件の情報は不可欠であり、それらは警察の記者クラブに握られている。そうであるかぎり、検察庁の裏金についての情報をこれ以上流すようなら、記者クラブから閉め出すと警察を通じて脅せば、彼らは黙らざるを得ない。

「この記事の続報はないのか？　裏金について、他に報じた記事は？」

宮田に尋ねてみた。

「この後は一切、裏金に関する報道はなされなかったようですよ。この記事の次の号に、この記事は間違いだったとするお詫びの記事が載ったとか」

「……そうか」

遠野の内部告発は、最悪の形で葬られたというわけだ。

英孝の中で、遠野に対する印象が変わっていく。

黒を白と言いくるめるような悪徳弁護士から、一命を賭《と》して地検の不正に立ち向かう正義の検事へと。

遠野は法と正義というものを信じており、その理想に殉じたのだろうか。

自分が検察庁に裏金があることを知ってしまったとしたら、どうするだろうと英孝は考えてみる。

英孝もこの国の法と正義を信じていた。遠野のように、立ちあがれただろうか。それとも、押しつぶされるのが怖くて、沈黙を守るだろうか。

遠野という先例を知ると、敵が怖くてたまらなくなる。正義をもって訴えた相手に、地検がどのような仕打ちをするか、知ってしまったからだ。

『知っているか？　あの絶望と恐怖を』

遠野の言葉が蘇る。

挫折と怨嗟。遠野が抱いている闇の正体がようやく見えてきたような気がした。

だが、まだ納得がいかないことがある。遠野はどんな目的を持って、この自分に近づいてきたのか。

冤罪をかけられたというのに、どうして暴力団関係の弁護などしているのか。そんなことをしていては、暴力団と付き合いがあったのは真実だと伝えるようなものではないのか。

「その事務官から聞いたか？　当時、遠野は暴力団とは関係があったのか？」

「いいえ。暴力団との関係は、絶対にないと否定してましたよ。あきれるほど正義感の強い、骨のある真面目な検事だったそうです。だからこそ、その事務官は冤罪だと憤っていたんです。――今の河原崎検事とイメージがかなりかぶると、その事務官は言ってました」

――俺と似てる？

英孝は言葉を失った。

だが、遠野が正義感の強い真面目な検事だったという話は、不思議なほどすんなりと受け入れられた。今の遠野にその面影はある。信念のようなものを感じる。

そろそろ話を切り上げようとしたとき、宮田が言いにくそうに口にした。

「彼はね、弓狩次席がやたらと河原崎検事を気にしている様子があるのは、もしかしたら遠野弁護士の件があってのことではないかと、心配してましたよ」

「どういうことだ？」

英孝は声を潜め、宮田の顔を見た。

弓狩は赴任したときから、何かと英孝を気にかけていた。最初の歓迎会のときには、英孝のことを人前でやたらと褒め、自分の派閥に引き入れようとしているのが濃厚に感じ取れた。当初、他の検事の部下になりそうだった英孝を、強引に自分直属の部下にしたのだと聞いたこともある。

「――もしかして遠野は、『ダブルクラウン』だったのか？」

ふと思い出して尋ねると、宮田はハッとしたように目を見張り、うなずいた。

「ええ、ええ、そうなんですよ。よくご存じですね」

宮田はこの短い間に、遠野フリークとなったようだ。遠野の輝かしい経歴について語りだす宮田の言葉を聞き流しながら、英孝は自分と重なりすぎる遠野の経歴に居心地の悪さを覚える。指摘された通り、弓狩は自分を遠野と重ねているに違いない。

この事件は七年前に終わっておらず、おそらく今も継続中だ。

自分がどんな役割を与えられているのかと考えながら、英孝は頭を切り換え、午後の取り調べのために、ファイルを開いた。


その日の午後、榎本の事件の被害者である運転手の聴取をした。

英孝の前で、彼はひどく緊張していた。愛想のない英孝の態度のせいだけではなく、偽証をする後ろめたさがあるのだろう。

あらためて事件のことについて尋ねると、やはり遠野が言った通り、たまたま振りあげた手があたってしまっただけで、榎本は殴るつもりはなかったようだと必死に言った。

「おかしいですね、斉藤《さいとう》さん。先日、事情をおうかがいしたときには、ハッキリと殴ったとおっしゃったではないですか」

「あのときはとても興奮してましして、その、殴ったのかぶつかったのかわからず、殴ったと思わず言ってしまったのですが、あとになってよく思い出してみると、やっぱりあたっただけなのではないか、と」

運転手はやたらと汗を拭《ふ》く。

「――新しい車を買われたそうですね。その金はどこから？」

英孝はその供述を元の通りに覆そうと、さんざん脅したりすかしたりしてみたのだが、運転手は事前に遠野とリハーサルしておいたらしく、かたくなに同じことを繰り返すばかりだった。

英孝は気づかれないように舌打ちする。

これでは、榎本を起訴できない。

今日のところはこのまま帰して、また後日足を運んでもらおうとしたのだが、遠野にそのことも言い含められているらしき運転手は、どうしてもその日程内には休みが取れないと主張する。どうすることもできず、英孝は苦虫を嚙みつぶしたような顔で、運転手の発言通りに調書を修正するしかなかった。

他に榎本を起訴して有罪に持っていく方法は何かないものかと考えを巡らせてみたが、いい方法は思い浮かばなかった。

まんまと遠野の策にはまったようで、悔しくてたまらない。

だが、遠野の思惑通りにさせてもいいような気も、一方ではした。遠野が単なる悪徳弁護士ではなく、地検の誰も成し遂げることができなかった内部告発をした勇気のある男だというような思いが、英孝の中に芽生えかけていたからだ。

とにかく上司に相談すべく、英孝は榎本の調書を持って次席検事室に向かう。

弓狩は英孝の顔を見るなり、嫌な感じのする笑みを浮かべた。あの女性をアフターに連れて行ったと思いこんだことで、英孝を取りこめたつもりでいるのかもしれない。

彼女が君に会いたがっている。また飲みに行こう、と毎日のように言ってくる。明日にでも一緒に店に行かないかと言い出したのを無視して、英孝は榎本の事件について、ざっと説明した。

さすがにそれには、弓狩の表情が引き締まった。

「嘘を言っているのは確かです。ですが、運転手は完全に遠野側に取りこまれているようです。車か金か、いずれにしても十分な報酬を受け取ったんでしょう。相手が暴力団構成員とあらば、争いたくないと思うのは人情でしょうし」

「運転手の証言は覆せないのか？」

「おそらく、今日の調子では無理です。勾留期限内にもう一度呼び出そうとしましたが、拒否されて、調書を取り直しました」

英孝の目は、弓狩の表情の変化を探っていた。

九年前から七年前、そしてここ一、二年と、暴力団関係の身柄事件の起訴が多く見送られた奇妙な現象が心に引っかかったままだ。

弓狩はまさか暴力団ともつながりがあるのだろうか。だが、それはとんでもないスキャンダルとなる。次席検事ともあろう人が、暴力団に便宜《べんぎ》を図るはずはないと思うが、気になってどうしようもない。

弓狩は不起訴にするという英孝の判断を、認めようとはしなかった。

「この件では、運転手の証言が重要だ。もう一度、何が何でも取り調べに足を運ばせ、運転手の証言を覆せ」

「それができるぐらいなら、苦労はしません」

今日の運転手の態度を見たら、完全に心が決まっているのがわかった。もう一度、無理だと説明するが、弓狩は態度を変えない。取り直した調書を破棄してでも、裁判に持ちこめというような強硬な姿勢を見せる。

だが、敗訴するのは目に見えていた。

是が非でも起訴しようとするのは、遠野に対する対抗心からだろうか。遠野に対する恨みつらみは、英孝もたくさん抱えている。その英孝自身が、裁判で勝つのは無理だと判断したのだ。

弓狩の命令があまりにも理不尽に感じられて、我慢しきれずに切り札を突きつけていた。

「暴力団構成員の身柄事件について、過去の記録を調べてみましたが、この東京地検では多くの事件が、起訴されずにいるようです。この事件だけ、何が何でも裁判に持ちこもうとするのは、腑《ふ》に落ちません。起訴・不起訴の判断基準を、詳しく教えていただけませんか」

口に出した途端、弓狩の顔が強ばった。

「バカもん！　そんなものに判断基準などあるか！　事件それぞれによって違うに決まっているだろう！」

頭ごなしに怒鳴り散らされ、英孝は苦虫を嚙みつぶした顔で次席検事室から出る。

ここまで弓狩が激怒するとは思わなかった。こんなにも怒るということは、裏にやはり、暴力団構成員の身柄事件に関しての後ろめたいことが隠されているからではないだろうか。そのことが頭から離れなくなる。

だが、今後、弓狩は英孝のことを警戒するだろう。

虎穴に踏み入ったことを悟って、英孝は覚悟を固めた。


それから数日が経つ。

弓狩に警戒されては地下の資料室に出入りするわけにもいかず、確かな証拠もつかめないうちに、先走った自分に後悔しながら通常業務を終えて、英孝は退庁しようと机の上を片付けていた。

呼び出し音が響いた。

英孝は緊急の仕事の呼び出し以外ではまず鳴らない携帯のディスプレイを見て、眉をひそめる。あの腹の立つ男と携帯番号を交わしたつもりなどなかったのに、『遠野』と表示されていたからだ。勝手に番号を知られたのみならず、あの遠野は自分の携帯番号までのうのうと登録したらしい。おそらく、ベランダで拘束されたあの晩だ。

「——もしもし」

とびきり機嫌の悪い声で応じると、聞こえてきた声は英孝のものとは対照的な、楽しげな響きを帯びていた。

『そろそろ、俺の顔が見たくないか？』

意地悪で、蠱惑的な甘い声だ。

前回、遠野と関係を持ってから、今日で一週間になる。

遠野の甘い声に、ペニスに巻かれたバンドが意識された。これのおかげで、どれだけ遠野のことを毎日考えさせられていることだろうか。

英孝は電話の向こうに向けて、深いため息をついた。

「心の底から見たくない」

『だが、生理的欲求がそろそろたまってきたころだ』

「素直に、俺に会いたいって言ってみたらどうだ」

単なる軽口に過ぎなかったが、遠野がそれに応じた。

『おまえに会いたい』

思いがけないその言葉に、耳からぞくりと戦慄が広がる。その言葉に真意などこめられているはずがないのに、鼓動が乱れる。遠野の気配が英孝を包みこむ。

奇妙な当惑が、胸に満ちた。こんな異変を抱くのは初めてで、英孝は混乱を覚える。だが、キッパリと言うべきことは言ってやる。

「俺は会いたくない」

英孝の反応などまるで気にせず、遠野は続けた。

『食事をしよう。いい店の予約が取れた。東京で最も人気のあるフレンチの名店だ。今からタクシーを飛ばせば、九時には間に合う』

「誰がおまえと食事などするか」

そう言い返しながらも、どんな店だろうかと頭のどこかで考え始めていた。会えば、きっとろくでもないことが起きる。行かないほうがいい。なのに、どうして自分は遠野と一緒に食事をすることを思い描いているのだろうか。

『そう言うな。味は最高だ。保証する』

遠野が続いて口にしたその店の名を知っていた。テレビで観ておいしそうだと思っていた店だった。おいしいものを食べるのは好きだが、人付き合いが苦手なので、誰かと誘い合わせてレストランに行くと考えただけで億劫になる。英孝にとっては、一生無縁なところだと諦めていた。思いがけない誘いは渡りに船とも言えなくもないが、やはり引っかかる。

「それでも、行きたくないと言ったら?」

『俺に脅迫めいた言葉を言わせたいか』

遠野の声が不穏に低められた。新たに入手した遠野の退職の裏事情を考えれば、この男が悪人だと思えなくなってきたところだったが、やはり自分に対する仕打ちを考えると、正しい弁護士とも言いがたい。

目的のためなら手段を選ばないタイプなのかもしれない。

「俺に断る自由はないということか?」

『そういうことだ』

待ち合わせ場所などを打ち合わせると、遠野の声が満足したような甘さを増す。まるで自分と会いたがってでもいるように感じられて、英孝はとまどう。

何をされるかわかったものではないのに、かすかに胸をときめかせている自分自身が何より不可解だった。


六本木《ろっぽんぎ》のフレンチの店のドアをくぐるなり、食欲を刺激する匂いがふわりと漂った。

スタッフたちの活気が伝わってくる。

高い天井の店内は高級感あふれる洒落た造りで、テーブルの間隔も広く、間接照明が大人の夜の空間を演出していた。

案内されたのは、端のほうの席だ。

そこは壁面全体がガラスになっていて、水族館のように青色の揺らめく照明が床から天井まで照らし出している。

スタッフがメニューを渡し、今日の料理の説明を始めた。それを聞き、前菜からメイン、デザートにいたるまでいくつものメニューを選んでいく。ワインは遠野が選んだ。

スタッフが離れるなり、英孝は単刀直入に切り出した。

「ヤメ検だってな」

黒のスーツに、銀色のラインが入った洒落たネクタイを締めた遠野が、艶然《えんぜん》と微笑んだ。

「知らなかったのか」

「つい数日前に、聞いたばかりだ。おまえが辞めるきっかけになった事件についても、耳にした」

遠野は超然として、落ち着いている。すでに過去の事件については遠野の中で整理できているようだが、それでも何か不穏な気配が、蠢くような感覚があった。

英孝は目の前の男から目を離さず、その心を探ろうとしていた。

——遠野の正体が知りたい。

地検の裏金を告発したときの正義感が、まだこの男の中にあるのか。それとも、まるで違った人間となって、暴力団の走狗《そうく》と化したのか。

だが、遠野はまだ、変わっていないような気がしてならない。

そのとき、ワインと前菜が運ばれてきた。

遠野のグラスにまずはワインが薄く注がれ、テイスティングをすませてから、英孝のグラスにもワインが注がれる。それに口をつけると、官能的な味がした。

前菜は期待を遥かに上回るほどの味だった。その感動が消えるのを待って、英孝はズバリと斬りこんだ。

「地検に裏金があるというのは、本当なのか？」

強大な敵に一人で戦いを挑み、敗れて地検を去ったというのに、遠野は負け犬のようには見えなかった。

あまりにストレートな英孝の問いかけに、遠野は一瞬だけ笑みを見せた。

「——どう思う？」

鋭く瞳を細め、英孝の目を深くのぞきこむ。

心まで暴かれそうな眼差しにさらされながら、英孝はどう答えるべきか、迷った。

遠野が去ってから今に至るまで、裏金については何一つ表沙汰になってはいない。誰もがそのタブーに触れることを怖れていた。だが、そんなものがあると知ってしまったら、見て見ぬふりはできない。

――だが、まだ何も、つかめたわけではない。

証拠となるものを英孝は全くつかんでいない。ただ、弓狩の金回りの良さがあやしいと踏んでいるだけだ。それでは、単なる情況証拠に過ぎない。

かなうなら遠野と協力して、裏金について調べてみたい。だが、遠野に下手に誘導されるわけにはいかない。遠野のような狡猾《こうかつ》な男なら英孝をミスリードして、誤った結論をつかませることも可能だろう。

全て自分の頭で結論に至らなければならない。

だが、こと裏金に関するかぎり、どこをどうつついたら不正の証拠を手にすることができるのか、見当もつかない。裏金がまだ存在していたとしても、遠野の一件以来、隠し方を変えただろう。同じ方法を取っているはずがない。

「俺を信じさせたいのなら、それなりに信憑性のある裏金の証拠を見せてみろ」

遠野は軽く肩をすくめただけだ。

「証拠など何もない。七年前、俺が収監されている間に家宅捜索が行われ、全て没収された。当然、地検内の証拠も全て処分されているはずだ」

遠野の言葉に、どうしても心が動かされそうになる。

七年前の事件の真相が知りたい。裏金はまだ、東京地検に存在しているのだろうか。だとしたら、それを白日の下に暴かなければならない責任が英孝にはある。日本の法と正義は、このようなものがあることを許してはいない。

だが、とんでもない恐怖があった。

国家権力を敵に回したら、英孝などひとたまりもないだろう。

弓狩がその気になれば遠野のように英孝を収監し、証拠や証言をでっちあげ、有罪にすることもできる。いくら冤罪だと叫んでも誰も信じてくれず、力を貸してくれない状況を考えただけで、血が凍る。

収監されたとき、遠野は何を考えたのだろうか。まさか弓狩が、そこまで愚劣な手を使うとまでは思っていなかったのではないだろうか。当時の遠野は今の英孝のようにもっと世間知らずで、正義は必ず勝つと信じていた。そんな気がする。

何だか息苦しいような気分になって、英孝は前菜の皿をスタッフが下げるのを待ってから、ぽつりと遠野に聞いた。

「怖くはなかったか？　週刊誌に、裏金について告発したとき」

英孝が遠野の立場だったら、果たしてあそこまで踏み切れただろうか。保身のために、見て見ぬふりをすることはなかっただろうか。

遠野は英孝を見て、薄く微笑んだ。

「可愛いことを言うじゃないか」

英孝の言葉に何かが刺激されるのか、遠野は遠い目をする。

英孝はワイングラスに手を伸ばしながら、嫌味と皮肉をこめて言った。

「おまえについていた事務官曰く、俺とおまえは似てるそうだ」

ダブルクラウン。挫折を知らない優等生。怖れも知らず、がむしゃらに正義に殉じた。

どこが似てるんだ、と腹の中で言い捨てたくなる。自分は当時の遠野よりも、もっと汚れているし、自分が可愛い。遠野が過去に行ったことを考えると、畏敬の念を感じずにはいられない。

否定されることを予測していたのに、遠野は思いがけずうなずいた。

「そうかもしれないな」

肯定されると、逆に否定せずにはいられなくなる。

「どこが似てる？　俺はおまえのように、――身勝手な人間ではないつもりだが」

遠野に対する尊敬を伝えたいのに、素直に口にできない。

何もかも読み取ったかのように、遠野が応じた。

「似てるよ、俺たちは。他人に言えない欲望を隠し持っていることも。おまえを見ていると、昔の自分を見ているような気分になる。だからこそ、おまえの呪いを剝ぎ取り、ありのままの姿を露呈させずにはいられなくなる」

「おまえも一緒なのか？」

遠野も同じように被虐の欲望を隠し持っているのだろうか。

だが、遠野は愉快そうに笑った。

「同じに見えるか？　俺はむしろ、おまえのようなタイプをいたぶりたくて、たまらない側のつもりだが」

鋭利な瞳が、英孝の心の底までのぞきこむ。低めた声が、情事のときのことを思い起こさせて、ゾクリと背筋が痺れた。

この男に、身も心も従いたくなるような欲望が、じんわりと身体の深い部分から広がっていく。自分の身体が確実にこの男に飼い慣らされつつあるのを悟りながらも、英孝は剣呑な表情でにらみ返した。

あらがうことを忘れてはならない。そうしなければ、この男にすぐにつけこまれ、好きなように操られる。遠野は七年前の事件を乗り越えることで、したたかさと狡猾さを身につけたのだろう。

「誤解するな」

「何の誤解だ？」

「俺が喜んで、おまえと会っているなどということは、決してない。おまえは俺の弱点につけこみ、脅迫しているだけだ」

「逃げるつもりなら、いくらでもその隙はあった。おまえは俺にいたぶられることを、自分自身で選択したんだ」

遠野の言葉に、肉欲の罠にはまった自分に対する嫌悪感がこみあげる。眉を寄せると、遠野が喉を鳴らした。

「そんな悔しそうな顔をするな。よけい、いじめたくなる」

「最悪だ、おまえ」

「最高の間違いだろう?」

ふざけた会話をしている間にも、次々と料理が運ばれてきた。

栗《くり》のラヴィオリに茸《きのこ》のデクリネゾン。魚は真鱈《まだら》で、肉は羊だ。丹念に仕込まれたソースが一口ごとに感動を与え、腹の立つ男と顔を合わせて食事をしているという不愉快さも吹き飛びそうだった。

二人の話題は真鱈の産地から、最近世間を騒がせている連続殺人事件へと移り、その犯人の精神鑑定結果をどう生かして裁判で闘うか、という法廷戦術になっていった。

遠野は英孝よりも明らかに多くの事例を経験していて、頭も切れた。検事としての立場から意見する英孝に、弁護士として切り返してくる。

それに負けまいと、英孝はいつしか躍起になっていた。遠野は余裕の態度を崩さないのに、ここまでムキになる自分が悔しい。冷静さを失ってしまってはいけないとわかっているのに、自分が制御できない。とにかく、遠野に負けたくなかった。

「おまえさ」

遠野が笑った。

「何をそこまで感情的になってる。優等生は負けるのが嫌いか?」

「俺は優等生じゃない」

英孝が今、抱いているような葛藤を、遠野も過去に抱いたのだろうか。

テストの成績だけは良かったものの、英孝はこの世界から自分が奇妙にはみ出しているような感覚をずっと感じていた。他人にうまく合わせることができない。友達の輪からぽつんと一人、はみ出すことが多かった。淡い恋心を抱いた能登からも裏切られてからは、誰かと親しくなるのが怖くなった。

――だけど、遠野のことを理解したい。

宮田も英孝に合わせてくれているが、宮田の気配りとは少し違う。遠野なら自分の本質をわかってくれるような気がする。そんなふうに思うのは、自分の恥ずかしい性癖を、遠野に全て知られているからだろうか。知っていてなおかつ、遠野は英孝のことを嫌悪しないからなのだろうか。

遠野は英孝を見つめ、思いがけず柔らかな笑みを浮かべた。

「優等生だよ、おまえは。昔の俺とよく似てる」

その言葉と表情に、ゾクリと胸の奥が痺れた。遠野に許容されているような気分になる。不意に涙腺《るいせん》が熱くなってうつむくと、テーブルにデザートの盛り合わせが運ばれてきた。

いつの間にか二時間ほどが経過していたらしい。

リキュールの効いたソルベの味がおいしくて、英孝は思わず笑みをこぼす。

その表情に、遠野の鋭利な刃物のような目が細められた。

「何だよ?」

「いや。――可愛いと思っただけだ」

そんな言葉に、からかわれているようないたたまれなさを覚えるのに、身体の芯のほうが熱くなる。

――俺は、……いったい、どうしたいんだろう。

ひたすら自分の性癖を嫌悪し、それを隠して生きてきた。

初めての恋がさんざんな結果で終わって以来、誰もそばに寄せつけなかった。

なのに、遠野に無理やり淫らな本性を暴かれ、自分が妄想したように抱かれると、溺れそうになる。

こんなふうに流されていいはずがないのに、あらがいきれない。

英孝の顔をじっと眺め、遠野が楽しげに瞳を細めた。

「食後に、庭の散歩でもするか。そろそろ、ご馳走《ちそう》が欲しいだろう？　別の口に」


遠野は英孝を連れて庭に出た。

庭といっても地面に接しているのではなく、ビルの中層階にある人工的な空間だ。床面は舗装され、ブルーのＬＥＤライトで装飾された木々が生い茂っている。間接照明で照らし出された竹や石畳が幻想的な雰囲気を作り出し、意外なほど広かった。よけいな音はせず、まるで深い森の中にいるみたいだった。

英孝がまともに歩けないのは、遠野に連れこまれたトイレで、細身のバイブを仕込まれたからだ。足を動かすたびに中に入れられたものが、強く襞を擦りあげる。そんな英孝の腰に遠野が腕を回し、立ち止まることを許さず歩かせていく。

庭には何組か、カップルが出ていた。

ここが明るければ英孝は懸命に気力を振り絞り、自力で歩こうと努力しただろう。だが、薄暗さに気が抜け、遠目からはカップルにしか見えないほど遠野と密着していた。

足の間の異物が、歩くたびに淡い刺激をもたらす。襞は柔らかくとろけきっていて、その擦れる感触に没頭してしまいそうになる。勃ちあがりかけたペニスの根元にバンドがぎちっと食いこみ、その痛みすら快感にすり替わる。

身体を支える遠野の腕や胸の感触が心地よかった。

どうして肉欲にあらがえないのかと、自問する気持ちはまだある。だが、遠野と出会えるまでの十年近く凝《こご》った餓えを満たそうとするように、下肢から疼きがこみあげてくる。他人の目が怖くて、遠野に密着して胸に顔を埋める。

遠野に発情しきった身体の様子を全て気取られてしまいそうで、恥ずかしい。遠野に会うといつでも、好きなように辱められる。それがとても悔しいのに、身体は恍惚《こうこつ》を感じ、飼い慣らされていく。

物陰の壁に縫いつけられ、覆い被さってキスをされるのがわかっても、拒めなかった。

「っ」

軽く唇の表面が触れ、上唇と下唇を交互についばまれる。その痺れるような感覚にたまらず唇を開くと、中に遠野の舌が割りこんできた。

舌をからめられ、ぬるぬると擦り合わされる淫らな感覚に、体内のバイブからの戦慄が混じる。腰が砕けるような甘い振動とともに、舌からの快感に押し流された。腰に腕を回され、強く抱きすくめられながら、舌の根が千切れるほどに吸われると、遠野のものになってもいいような錯覚がこみあげてきた。

「ッ……っふ、ぐ、ぐ……っ」

ここは外だ。

美しく装飾された散歩コースであり、数組のカップルが周囲をうろついている。そんな場所で、こんな濃厚なキスはやり過ぎだ。なのに、バイブが感じるところを細かく揺さぶりたてるたびに強制的な快感が背筋を這いあがり、英孝はキスの続きをねだるようにあごをあげる。

淫らに暴れ狂うバイブが、英孝の身体を狂おしく追いあげていく。堰《せ》き止められたペニスがガチガチに硬くなり、服の下で乳首が痛いぐらいにしこる。密度のある快感が、英孝の身体を発情期の犬のような状態に変えていく。

「っや、……っは、あ、あ……っ」

唇が離されても、英孝は遠野に抱きすくめられたまま、動けなかった。遠野の肩に顔を埋め、切れ切れに息を漏らす。

そんな英孝の耳の輪郭をなぞるように舌を這わされ、ことさら大きく響く水音とざらつく舌の感触に、大きく震えた。

呼びかけられたのは、そのときだ。

「河原崎くん？」

飛びこんできたその声に、すぐには反応できなかった。驚きのあまり息が止まる。聞き覚えのある声だった。だが、今の状態ではその声が誰のものかすらわからず、恐怖のあまりそちらを振り返ることもできない。

——見られた……！

男に抱きすくめられて、口づけられている姿を。

服を透かして自分の淫らな状態を知られてしまうような恐怖に、ガチガチに身体がすくみあがる。

そのためにバイブを強く締めつけ、脳を染める甘さに泣きだしそうなほど追い詰められた。

身動きができない英孝を抱きとめたまま、遠野がそちらに顔を向けたのがわかった。

「おや。——お久しぶりです、弓狩検事」

——弓狩…だと…っ！

最悪な展開に全身から血の気が引き、膝がガクガクと笑い出す。遠野に支えられることでかろうじて立っている状態だった。だからこそ、誤解を与えるのがわかっていても、遠野の腕を振り払うことができない。

「どうして、君たちがここに」

弓狩が近づいてくる気配があった。

英孝はようやく遠野の腕から逃れ、弓狩に向き直る。

まさに、弓狩本人だった。職場でのスーツに、洒落た色彩のネクタイにネッカチーフ。さきほどのレストランで、食事をしていたのだろうか。

どうしてなんて、英孝が知りたい。

こんな偶然があるものだろうか。

どうにか、この醜態を取り繕わなければならない。男と抱き合ってキスをしていたのではなく、別の理由でごまかす必要がある。なのに、頭が真っ白で、まともに考えられない。

悪夢の中にいるような英孝に、弓狩が質問を重ねた。

「君は遠野くんと、プライベートで食事をするような関係なのか」

弓狩の口調は、厳しかった。

係争中の事件を抱えた状態で、敵対するはずの弁護士と高級レストランで食事をするというのは、歓迎できない状況なのだろう。食事代も贈賄の一種と見なされることがある。そのような状況はできるだけ避けろと、英孝も教えられてきた。

どう答えていいのかわからない英孝から、弓狩の厳しい目は遠野に向けられた。

遠野は弓狩にとっては天敵のようなものらしい。その遠野と親しげにしているどころか、抱き合っているところまで見られた。

キスしているところも、知られてしまっただろうか。

少なくとも、ただならないほど親しげには見えたはずだ。

どう発言したら墓穴を掘らずにいられるのかが、今の英孝にはよくわからない。下肢に入れられたバイブの振動が、英孝から冷静な判断力を奪っていた。

遠野はまるで臆することなく、弓狩に答えた。

「ちょっと打ち合わせがてら、食事をしていただけですが」

「打ち合わせ？　この店でか。仕事上の打ち合わせにしては、ひどく親密そうに見えたが」

弓狩から皮肉たっぷりに投げかけられた言葉に、背が凍る。

だが、それにも遠野が応じてくれた。

「弓狩検事と、お連れの方のように、ですか」

その言葉によって連れのことまで気が回るようになり、英孝は弓狩の背後に視線を向けた。そこには、水商売らしき華やかな若い女性が、所在なげに立っていた。

こんなところで他人と顔を合わせたら面倒なのは、弓狩も一緒なのかもしれない。

不意に不機嫌になり、またあらためて話をしようと言いながら、弓狩はその連れとともに、そそくさと立ち去って行った。

その姿が完全に消えてから、英孝は眉を寄せて遠野を見る。立っているだけで振動が体奥を揺すぶりたてたが、はぐらかされたくなくて強く拳を握りしめた。

「——どういうことだ」

「どういうこととは？」

のうのうと答えてくる遠野をきつくにらみつけ、緊張に乾ききった唇を一度強く噛んだ。

「今のは偶然じゃない。おまえは、弓狩検事が今日この店で、……っ、食事をすることを知っていたんだ。……だからこそ、強引に俺を連れ出したんだろう！　弓狩に、俺がおまえと一緒にいるところを見せつけることで、……一蓮托生の運命を背負わせようと！」

このような高級店に食事に誘われて、デートのようだと心の中で浮かれていた自分が悔しくてならない。

遠野が何を仕組んでいるのか、英孝にはまだ見えてこない。だが、あがけばあがくほど、全身を縛りつけ、身動きできなくさせる見えない糸を感じる。

今日のことで英孝は遠野側の人間だと、上司の弓狩にハッキリ認識された。明日からどんな態度を取られるのかと考えただけで、胃がキリキリと痛む。

「一蓮托生?」

そらっとぼけて、遠野が笑う。

「俺は、単におまえを食事に誘っただけだ。そこに偶然、弓狩が居合わせた。あの男が、この店で食事をするなんて俺が知るはずもない」

「……嘘を言うな……っ!」

だが、英孝の反論がそれ以上続かなかったのは、体内でバイブが暴れだしたからだ。溶けきった襞がその振動を淫らに受け止め、その狂おしさに英孝は唇を噛みしめた。感じたくない。遠野の本心をあぶり出さなければならない。なのに、襞を擦りたてられるたびに身体が反応し、心よりも先に身体が陥落する。ふらつきそうになったとき、遠野に腰をつかんで抱き寄せられた。

「車に戻るか?」

英孝は全ての気力を振り払って、遠野の手を振り払おうとした。

「……おまえに、……利用されるなんて、……御免だ」

悔しさに、涙があふれる。遠野に利用されているだけでしかないのに、それでもそれ以上のものを求めてしまいそうで、むなしさに心が引き裂かれそうだ。なのに、遠野が与える快感から逃れられない。

体内でバイブがくねるたびに、切なく狂おしい痺れがわきあがり、身体を狂わす。頭がくらくらとし、思う存分、悦楽に浸りたくてたまらない。ひたすら快感を押さえこまなければならないのがつらくて、遠野の誘いに応じたくなった。だけど、これ以上、身体だけを辱められるのは御免だ。

「いや……だ……！」

葛藤と欲望の狭間で、ボロボロと涙が吹きこぼれる。

だが、そんな身体を引き寄せられ、耳元で言い聞かせるように囁かれた。

「何も知らないほうがいい、おまえは」

——どういうことだ？

一瞬、それが英孝を思いやっているように感じられた。

「説明…し……ろ！」

だが、電撃じみた強さまでバイブの振動があげられ、英孝はまともに言葉を発することもできなくなった。


引きずられるようにエレベーターに乗せられ、駐車場のある地下二階で下りた。フロアを歩きだす前に、遠野はスーツの胸元に手をつっこみ、シャツの上から英孝の乳首をつまみあげる。

「つぁ、……っぁく」

英孝はそれに引きずられる形で歩くしかない。歩くたびに乳首が引っ張られ、その刺激と下肢のバイブの振動が混じった。

遠野のメタリックブルーの外車の横に立つなり、命じられた。

「この上に乗って、服を脱げ」

どういう意味かと思っていると、その車の特徴的な大きなボンネットに乗せられた。

いつ、誰が戻ってくるかわからないこの場所で、遠野は淫らなことを始めるつもりなのだろうか。

駐車場は広く薄暗く、真夜中近いこの時刻では停車している車は少なかったが、まだ残っている車はある。いつ、誰に見られるかわかったものではない。

許しを乞うように遠野を見ても、彼の表情はまるで変わらなかった。

下肢からこみあげてくる熱は、今、この場で欲望が満たされることを望んでやまない。さすがにこんな場所でするのは抵抗があったが、英孝は熱に浮かされたようにベルトに手をかけた。

スラックスと下着を脱ぐ。脱がされるよりも自分で脱ぐほうが恥ずかしく、手が震えた。抵抗する気持ちよりも、次第に期待する気持ちのほうが大きくなっていく。そんな自分の浅ましさを、ひしひしと感じずにはいられない。

英孝自身が遠野にひどく辱められて、欲望を充足させることを望んでいるのだ。

「バイブを抜きやすいように、仰向けになって足を大きく広げろ」

英孝は命じられるがままに、ボンネットに身体を倒した。直接尻や背中に触れるボンネットの冷たさに、自分が裸だと思い知らされる。駐車場の殺風景な天井のコンクリートや鉄材が目に飛びこんだだけで鼓動が跳ねあがっていたたまれなくなり、ぎゅっと目を閉じながら、遠野に向かって足を開いた。

膝が震えていた。

弓狩に遠野と親しくしていることを見せられ、何かに利用されているだけだというのがハッキリとわかってさえ、どうして自分はこの男に従ってしまうのだろうか。身体をいぶし、狂わせる強い欲望と、それだけでは満たされない胸の痛みがぶつかり合う。

だが、この苦しみから逃れるためには、ただ何も考えないようにするしかなかった。終わればむなしさと、自分の浅ましさに後悔するのがわかっていながら、遠野に導かれて身体が昂る。

――遠野にとって、俺は何だ……？

足の間に、遠野が立つのがわかった。

バイブに手をかけられ、ゆっくり抜かれた。その感覚に毛穴がそそけ立ち、どうしても中に力がこもる。完全に抜かれてしまうと、刺激を失ったそこにもっと圧倒的な快感が欲しくなる。自分だけではなく、冷たい目をしている遠野もこの狂おしい悦楽の中に引きこみたい。

遠野のペニスが欲しくて、ひくりとそこが窄《すぼ》まる。濡れた吐息が漏れた。

「っん、……は……っ」

「物足りなそうだな。こんなにも濡れて、ひくついてる」

言葉にされると、よけいにそこを意識する。命じられたわけではないのに、英孝は大きく広げた足を閉じることができない。

遠野の強い視線をそこに感じ、濡れた部分を視姦される恥ずかしさに気が遠くなる。灼けるような欲望があった。バイブやローターではなく、遠野の硬く逞しいものでそこを貫いて欲しくて、身体がたまらない餓えに襲われる。

——何で、……欲しがってくれない……?

遠野は英孝の欲望を見抜き、煽り立てるだけで、自分の欲望を突きつけてこようとはしなかった。だが、電車の中で擦り合わされた遠野のペニスの感触が蘇り、それが欲しくてたまらない。

——引きこみたい。

この同じ熱の中に。

ただ快感を与えられるだけでなく、共有したい。遠野に覆い被され、貫かれながら抱きしめられたい。同じ欲望を追い求めたい。

だが、遠野は冷ややかな声を発した。

「どうした? バイブは抜き取ってやった。さっさと足を閉じて、車から降りろ。そうしないと、おまえの恥ずかしい姿をボンネットにさらしたまま、街中を走ることになるぞ」

足を閉じて、ボンネットから下りろ。もうこれで終わりだ。何でもないようにふるまえ。

頭は、英孝にそう命じる。

だが、これで終わらせたくはなかった。身体が収まらない。遠野が欲しくて、たまらなく身も心も疼く。

バイブで煽られた襞はもっともっと淫らな刺激を欲して、ひくひくとむなしい開閉を繰り返す。中からあふれた淫らな分泌液が、ねっとりと足の狭間を伝った。そんな恥ずかしい状態を遠野に知られたくないのに、それでも身体が動かない。

英孝は濡れた目を、遠野に向けた。

――どうして、……犯さない……？

それが不可解でならなかった。

英孝が欲しいのは、単なる身体だけの関係ではない。遠野と出会って、自分がこれほどまでに人肌に餓え、人恋しさに餓えていたことを思い知らされた。遠野にもっと近づきたくてたまらない。

だが、遠野はどうして英孝のことを欲しがってくれないのだろうか。

冷ややかに見つめられてはいるが、遠野の目の奥に、確かに欲望に似た光を感じるのに。

――欲しい。

だけど、その言葉は浅ましすぎて声に出せない。

遠野に自分からねだったら、何かが崩壊するような気がする。ただの獣に堕とされる。欲しいのは肉欲だけではないはずなのに、言葉にした途端、全てが単純な肉欲に貶められてしまいそうだった。

葛藤に、涙がじわりとにじむ。喉が渇く。鼓動が乱れきって、耳まで火照る。ボンネットの上に横たわり、腹を見せて服従の姿を取り続ける自分の姿は、遠野の目にはどう見えるのだろう。

そのとき、遠野が言葉を発した。

「欲しいなら、ねだってみろ。どうしても我慢できないというのなら、欲しいものを与えてやる」

「……っ」

英孝は息を呑む。自分の状態から、遠野はとっくに何を欲しがっているのか見抜いていたのかもしれない。

鼓動が高まり、緊張に気が遠くなる。

なんと言ってねだればいいのかわからなかった。英孝はネクタイを引き抜き、シャツを自分から開く。全身を露出させると、遠野がその肌の白さに誘われたように手を伸ばしてきた。

乳首を指先でつまれただけで、英孝はその指が与えてくれる絶妙な刺激にびくっと震えずにはいられない。

「つぁ、……っぁあああ、……っぁ！」

二本の指が擦り合わされるように動いただけで、そこから何もかも押し流すほどの快感がうねりとなって身体を貫いた。両方の乳首をつまみあげられて引っ張られていると、膝が立つ。遠野に恥ずかしいとこを見せつけながら、この濡れて疼くところにぶちこまれることを想像して、身体が痺れきった。

「……いれ…、…って、……ください」

かすれた声で、懇願する。

「何を？」

冷ややかに尋ね返されて、身体が緊張に強ばった。

だが、くり、くりっと両方の乳首を揉みこまれるたびに、襞がひくついて、淫らな体液が身体の奥からにじみ出してくるような感触があった。圧倒的な力で組み伏せられ、全身に遠野の重みを感じたくて、どうしようもなく餓えが広がる。

「……遠野……の……、ペニスを……ください」

能登に淫猥な言葉でねだらされるたびに、英孝の心はかつて血を流した。羞恥だけにとどまらず、心臓を地面に踏みにじられるような痛みを覚えていた。

なのに、遠野が相手だとそのような苦しみは感じられない。たまらない羞恥と興奮にのぼせあがりそうだったが、心から遠野のものを望んでいる。身体だけではなく、心までもが、遠野に抱かれることを欲していた。

「よく言えたな」

遠野が英孝に思わぬ甘い言葉を投げかけ、それだけで総毛立つような震えが全身を貫いた。

遠野に足を抱えあげられ、足の付け根を強くつかまれ、その狭間に顔を埋められた。分厚い舌が後孔にねじこまれて、あふれ出した蜜を直接舐めとられる。

「っぁ、……ん、……ぁぁ、あ……っ」

刺激を感じるたびにそこが窄まり、たっぷり中にたまった蜜が外に押し出される。あまりの羞恥と驚きに気を失いそうになり、自我が崩壊していくような恐怖すらあった。

遠野の舌がそこで蜜をすするたびに、自分がどれだけ淫らかということを思い知らされる。恥ずかしくて、惨めで、こんな自分が許せなくて、涙が不意にあふれた。

一度堰が崩れてしまうと、唇を噛んでも嗚咽《おえつ》は押し殺せない。ひく、ひくと胸を上下させながら涙を吹きこぼす英孝に、遠野が聞いた。

「何を泣く」

「……っ」

返事ができない。

たまらない羞恥を覚えているというのに、身体は濡れてひくついて、男を欲しがって暴走していく。

餓えた欲望は、ひたすら充足されることを望む。早くぶちこまれたい。何も考えられなくなるほどに、犯されたい。

「早く……っそこに……入れてください。ご主人様のものを……この淫らな……孔にぶちこんで、……いっぱい動かしてください」

英孝はあえて、過去に教えこまれた惨めな言葉を選んだ。

声にした途端、とんでもない後悔と惨めさが胸を締めつけ、歯を噛みしめずにはいられなかった。

能登に浴びせかけられたひどい言葉の数々が、脳裏に蘇る。遠野からどんな返事が来ても耐えられるように、覚悟した。

だが、ぎゅっと目を閉じた英孝の瞼に押し当てられたのは、柔らかな遠野の唇だった。その感触にとまどって震えたとき、遠野の声が耳に飛びこんできた。

「泣くな。……恥じることじゃない」

——恥じることじゃ…ない？

鼓動が大きく乱れる。

どうしてだろうか。何より、英孝自身がこんな自分を認められない。だけど、遠野はこんな自分を肯定してくれるのだろうか。

どう受け止めていいのかわからず、驚きととまどいが胸に広がっていく。下手に顔をあげたら我慢できずに泣いてしまいそうで、英孝は唇を噛む。

遠野はこの身体を、蔑んではいないのだろうか。英孝を軽蔑《けいべつ》してはいないのだろうか。

「何も考えず、ただ感じろ。感じやすい、いい身体だ」

狼狽《ろうばい》に身を固くする英孝の膝を胸にぐっと押し当て、遠野の昂りが後孔に押し当てられた。混乱しきってはいたが、挿入の期待に、鼓動が跳ねあがる。

「力を抜け」

英孝の緊張が伝わったのか、遠野が柔らかく微笑む。それによってガチガチだった英孝の身体から力が抜け、くれた言葉が嬉しくて、どんなに苦しくても痛くても、遠野を悦くしてあげたいと望む。

ゆっくりと括約筋を押し開きながら、遠野の生身のものが入れられてくる。そのときの圧迫感と熱さにうわずった声が漏れた。

「ああ！」

限界まで身体が押し開かれ、そこから身体が引き裂かれそうだ。だけど、自分はずっとこれを求めていたのだとわかった。いつ誰が来るかわからない場所で犯されているというのに、邪魔されたくない。中の感覚が全てとなる。英孝は全身でそれを受け入れていく。

「ぁっ、……あ、……入る…」

身体を深くまで押し開きながら、遠野のものが信じられないほど奥まで届く。全身を灼きつくす充足感と、狂おしいほどの悦楽が押し寄せてくる。腰がジンジンと痺れて、遠野の形に押し広げられた襞が、大きなものに隙間もなく張りつく感覚がたまらない。息が浅くしかできない。

「耐えられそうか？」

遠野の声が遠く聞こえ、全身から汗を噴き出させながら、英孝は濡れた目を向けた。

遠野の目が熱を帯び、まぎれもなく感じていることを伝えてくる。その眼差しが、英孝の淫らな本性に火をつける。もっとひどくして欲しかった。一生忘れられないほど、この身体に遠野を刻みつけて欲しい。

「好きなようにねだってみろ。欲しいだけ、やる」

その声が英孝を解放する。

英孝がボンネットから落ちることがないように遠野の手が力強く腰を支えた。遠野のペニスが中で擦れるだけで、甘い刺激が走る。まだ慣れない身体は完全にはひらいていなかったが、それより遠野を感じさせたかった。

「動いて……くださ……い……っ、もっと」

「もう動いていいのか？」

からかうような声とともに、遠野の大きなものが英孝の体内に突き刺さり、抜けていく。先端の張り出した部分が、鮮烈な刺激を与えた。入れられるときには襞を強く押し開かれ、抜かれるときにはずずずっと襞をまくられる。その感覚を味わうたびに、英孝は魂まで抜き出されていくような悦楽を甘受した。

前立腺に遠野のものがピタリと押し当てられていて、動かれるたびに腰が浮くような感覚がある。

まだ中の粘膜を刺激されることに慣れない。十年の月日は英孝のつぼみを処女のように閉じさせ、快楽を欲してやまない思いとは裏腹に、身体はぎこちなく震えてしまう。

中でそれが動くたびに、どう受け止めていいかわからない刺激に腰が跳ねあがり、襞が過剰なまでにぎゅうぎゅうとからみついてしまう。

「っぁ、……っぁ、あ……っ」

――広がってく……！

大きすぎるものをねじこまれ、そのつらさに苦痛と快楽が同時に襲いかかる。全ての感覚を受け流すことができず、凄まじい興奮に頭が沸騰しそうだった。

次第に遠野の動きがなめらかになり、一気に奥まで叩きこまれる。

「――っ……！」

その総毛立つような圧迫感に息を呑むと、からみつく襞のきつさを楽しむかのように引き抜かれていく。完全に一度抜かれ、何もなくなった感覚に、身体が震える。つぼまったそこを、強引にこじ開けて奥まで貫かれ、そのたびに痺れが身体を走り抜けた。

「っぁあ……っ、んく……っ」

まだまだその刺激に慣れなかったが、身体は急速に快楽を思い出していた。

叩きこまれるたびに、身体は跳ね、全身が熱く滾る。刺激が強すぎて、頭が変になりそうだ。

「……ん、……っあッ……っ」

締めつければ締めつけるほど、遠野のものは鋼鉄のように硬さを増した。中はずっとひらかれっぱなしで、打ちこまれるペニスを受け入れるたびに、より深い快感を求めて、腰が揺れてしまう。

「この恥知らずな孔は、ここが好きなのか？」

遠野がからかうように言って、英孝の感じるところを集中的にカリで狙った。その強烈な悦楽に身体がのけぞり、英孝は身もだえるように身体を揺らす。

解放を許されてはいないバンドがペニスを痛いほどに締めつけ、その苦痛すら悦楽と化していた。

「乳首も……いじめて、…くださ……」

自分からねだる恥ずかしさに、頭が灼ける。

腰の動きを止めないまま、乳首を甘噛みされて、そこから広がるちりちりとした痛みに、新たな愉悦の波がふくれあがる。

体内で遠野のものがさらに硬さを増し、それをねじこまれてむごくえぐられるたびに、意識が飛びそうだった。

男の身であらぬところを犯され、禁忌の快感を得る薄汚れた自分が嫌で嫌でたまらなかったはずなのに、その嫌悪感が少しずつ薄れていく。遠野がくれる悦楽が甘くて、もっともっと欲しがるように身体が押し流されていく。

遠野の歯でコリコリといじめられている乳首も、それだけで射精しそうな悦楽をもたらしていた。むごいほどペニスに食いこんだバンドが気になったのか、遠野が囁いた。

「バンドは外さなくていいのか」

する。

出し入れされるたびにとんでもない快楽が身体を貫き、もっともっととふくれあがる気持ちが暴走
溶けきった粘膜に硬いものを呑みこまされるたびに、その悦楽に溺れる。

残酷な命令とともにバンドが外され、遠野の動きが、さらに大きく、速くなる。

「外してやるが、まだイクな」

「……外してください」


もはや感覚が麻痺して、自分がどのようにして快感を得ているのかわからなかった。深くまでえぐられるたびに息を呑んで体内のペニスを締めつけ、その充足感にあえぐ。

見開いた英孝の目に、駐車場の天井やガランと広い空間が映った。

遠野の命令があるから、イけない。必死になって耐えるのは苦しくて、気持ちよくて涙があふれる。

遠野の手が、英孝の乳首をつまんで引っ張った。動きが速くなり、最奥まで搔き回される。

「んんっ、……っあ、あ……っ！」

「イキたいのか？」

低く囁かれて、英孝は息を止めた。だが次の瞬間、さらに腰をつかんで引き寄せられ、身体を横にされて顔がボンネットに伏すような形になる。

角度を変えて突きあげられ、新たに襲いかかる悦楽に英孝は嗚咽に似た息づかいを漏らした。天井が見えなくなったことで、他人に見られる緊張が少し薄れたのか、急速に絶頂感が襲いかかってきた。

「イキ…たい……です。イ……かせて……ください」

ボンネットの上からずり落ちそうになり、そのメタリックブルーの車体に指ですがってどうにか身体を支えようとする。だが、下から激しく突きあげられ、その楔に深い位置をえぐられて、全身から力が抜ける。

その耳に、遠野の声が届いた。

「イケ。……思いっきり、達してみろ」

どこか柔らかい、温かな響きを秘めた声だった。

その声に、最後の堰が破れた。襞が痙攣し、遠野のものを強く締めつけながら、英孝は身体をのけぞらせる。

「ぁ、……っぁ、あ、あ……っ！」

絶頂に達した。

ひたすらこらえていた分、得られた悦楽はとんでもなく深く、射精の衝動に脳まで溶け崩れそうになる。だが、その絶頂のさなかに、英孝はねだった。

「奥に、……出して…ください……」

その声に応じて、遠野の荒々しいペニスが英孝の奥まで差しこまれ、動きが止まる。ドクンと脈打つような感覚があった。

「……っ！」

熱いものが注ぎこまれる独特の感覚に、英孝はまた新たな絶頂に達する。

「あ、……出て……る……！」

犯されていることを、一番実感する瞬間だった。身体の中を遠野のもので満たされながら、英孝も解き放つ。あまりにも気持ちよすぎて、何も考えられなくなる。

意識を失いかけた英孝の耳元で、遠野が囁く声が聞こえたような気がした。

「俺の……ものだ」

〔五〕

シーツに顔を埋めてうつぶせで眠っていた英孝は、ふと目を覚ましてぼんやりと周囲を見回した。ベッドに寝かされていた。

部屋に灯りはない。遮光カーテンの閉じられた室内はかなり暗かったが、闇に慣れた目にうっすらと家具の輪郭が浮き上がって見える。

全裸で転がっているここは、遠野の部屋だった。

新宿にある事務所の奥に、住居スペースがあるのだ。

寝返りを打っただけで、全身が悲鳴を上げた。

車のボンネットの上で抱かれ、ここに連れて来られたあとも、明け方までさんざん、遠野の形を身体に教えこまれた。

体液でべたべたになって、気絶するように眠りに落ちたはずなのに、ベッドのシーツは替えられ、身体も綺麗にされている。意外なほど几帳面な男だった。性器に元のようにバンドが巻かれているのに気づき、英孝はかすかな喜びすら覚えた。自分がまだ、遠野のものなのだという証《あかし》のような気がしたからだ。

だるくてつらくて、身体を動かすたびに軋むような痛みはあったが、奇妙な充足感を覚えていた。遠野に満たされた記憶がある、さんざん穿たれた部分が、まだ熱を持っていた。

——遠野のものにされた。

好きだと言われたわけではない。あの冷ややかな男は、英孝に愛の言葉など与えはしない。なのに、心まで満たされている。

遠野は能登とは、まるで違っていた。能登は自分の欲望を優先させ、英孝を辱めることで興奮していたが、遠野はあくまでも英孝の快感を優先させてくれているように思えた。

自分をさらけ出し、解放した後の虚脱感があった。

——だけど、……遠野にとってこれは、プレイに過ぎないのだろうか。

眠っていたベッドに、遠野の気配はない。

そのことが、英孝を不安にさせた。

自分の体温でぬくもっていた部分以外は室温に冷えていて、ずっと一人で寝かされていたことがわかる。

泥のように疲れていたから、すぐにまた眠りが欲しいのに、そのことが気になって寝つけない。

尿意も覚えて、英孝は重い身体を起こした。全裸で慣れない家の中を歩くのは気が引けたから、寝室の壁にかかっていた生成りのざっくりしたガウンを借りて、部屋から出る。

用を済ませてまた寝室に引き返そうとしたとき、リビングのソファで眠っている遠野を見つけた。

近づいて、ソファの前に立つ。

遠野は毛布にくるまり、ひどく気持ちよさそうに眠っていた。

遠野のことを傲慢《ごうまん》で身勝手だと思っていたが、そうではないことに次第に気づかされている。眠っているときに見せる無邪気な寝顔が遠野の本質のように思えて、何だか調子が狂う。

——全く。

すでに遠野が悪人だとは思えなくなっていた。自由にしてやりたいと、遠野が言っていた言葉を思い出す。

あれは英孝をコンプレックスから解き放してやりたいという意味ではなかったのかと、昨日のことがあった後では思えてならない。

『泣くな。——恥じることじゃない』

遠野の言葉が、英孝の中に残っていた。

ずっと淫らな自分の身体を、嫌悪してきた。だけど、そのことを遠野に受け入れてもらった事実が、胸を熱くさせる。

——恥じなくてもいいのだろうか。

これも個性だと考えるべきなのだろうか。

そのとき、遠野が身じろいだ。起こすつもりはなかったのだが、気配でも察したのかもしれない。

意外なほど長い睫が上がり、英孝を見る。

少しだけ寝ぼけているのか、遠野が英孝を見て嬉しそうに微笑むのに、ドキリとした。

「どうした？　一人寝が寂しくて、俺を誘いに来たか？　それとも、まだ足りなくておねだりか？」

「まさか。寝顔にクッション押し当てて、暗殺しようとしていたところだ」

憎まれ口を叩くと、遠野は柔らかく笑った。

「だったら、目を覚ましたのは、殺気を感じたせいだな」

遠野はあくびを一つだけすると、英孝の手首をつかんで引き寄せてくる。抵抗することもできたが、英孝は導かれるがままに遠野の腕の中に倒れこむ。下から遠野の腕が回り、ぎゅっと抱きしめられた。その感覚に鼓動の乱れが収まらなくなる。何で遠野は、英孝がして欲しいことばかり、してくれるのだろうか。

「重くないか？」

「重くない。何だか、気持ちがいい」

遠野が腕で英孝の頭を抱えこみ、髪をそっと掻きあげた。その甘い感覚に、とまどうばかりだ。

——何で……？

だけど、こんなふうに誰かに抱きしめられたかった。

密着した遠野の感触とぬくもりに、泣き出しそうになる。愛おしむように抱きすくめられてしまうと、英孝は身じろぎ一つできない。

「不思議だな」

遠野が眠そうな、柔らかな声で囁いた。

「おまえの可愛げのなさが、ひどく可愛く感じられる」

——可愛いだと……？

そんな言葉を言われて嬉しいはずがないのに、乱れ続ける心臓の鼓動が耳障りだった。呼吸すら苦しくなってきて、英孝はついに遠野を振り払って上体を起こす。

この男に籠絡《ろうらく》されきってはダメだ。

遠野は英孝の欲望を利用し、それを充足させることで上手に操ろうとしているだけだ。甘い言葉も囁きも、そのための材料に過ぎない。そう自分に言い聞かせた。

愛されることに慣れていない英孝では、遠野の態度のどこまでが偽りで真実なのか、見抜くことができない。

英孝はソファに寝転んだままの遠野を見下ろし、どうしても引っかかることをぶつけてみた。

「――弓狩次席と俺を会わせるなんて、何のつもりだ」

「ん？　どういうことだ？」

「とぼけるな。昨日はあのレストランに俺を誘ったのは、弓狩におまえと抱き合っているシーンを見せるためだろう」

そちらに頭を持っていかないと、とめどなく遠野に溺れてしまいそうだった。

遠野は英孝を見あげ、柔らかだった表情を冷ややかに変化させた。

「おまえだって、気づいているくせに。次席検事としての俸給だけで、あそこまで贅沢に遊ぶことはできない」

遠野の声は、共犯者に似た響きを帯びていた。目の表情も同時に変化し、英孝を籠絡するような魔性のあやしい輝きを放つ。

だが、何も知らされないまま、操られたくはなかった。

「まだ調べはそれほど進んでいない。親の資産や、土地を売った金の可能性だってある」

「弓狩は貧しい家の生まれだ。資産はない」

即座に返され、英孝はぐっと黙りこむ。

何かが最初から遠野によって仕組まれている。英孝は蜘蛛《くも》の巣にかかった虫のように、その罠にかかってあがいているだけだ。

「俺を巻きこむつもりなら、全部教えろ。おまえが何をするつもりなのかを」

遠野を信じたかった。

ここまで巻きこまれた以上、隠すことなく英孝にこの仕掛けの全容を教えて欲しい。遠野が正しいと理解できたら、職を賭して弓狩の不正を暴く覚悟はあった。

だが、遠野は探るような眼差しを英孝に向けてくるばかりで、口を開こうとはしない。

そのことに、英孝はたまらない痛みを覚えた。自分は遠野を信じかけているというのに、遠野は英孝に心を許していない。そのことを悟った瞬間、胸が破れそうになる。

——もういい……！

そう怒鳴ろうとしたとき、遠野はのうのうと口にした。

「誤算だった。昨日、弓狩があのレストランにいることなど、俺が知るはずもない。だが、おまえが俺と親しいのを知って、弓狩が面白く思うはずがないからな。これから、十分に気をつけろ。あの男は、地検をほしいままにしている。地検だけではない。警察やマスコミの力を操って、さまざまな隠《いん》蔽《ぺい》や口封じの工作を行っている」

「なん……だと……？」

弓狩はそのような力まで行使しているというのだろうか。

「話せ！」

英孝はいきり立って、遠野に詰め寄った。

「こうなったら、おまえと一蓮托生だ。知っていることを、全て話してみろ！」

だが、遠野はニヤニヤするだけで何も話そうとはしない。

遠野の口を開かせるのは無理だと知った英孝は、強い怒りを覚えた。

——俺では、頼りにならないというのか……！

だったら、何故自分を巻きこんだのかと、やりきれないような思いがふくれあがる。

不正を憎む気持ちは誰にも負けないつもりだった。

だが、何より悔しいのは、遠野に認められていないことだ。どうしたら自分の思いを伝えることができるのかと葛藤していると、遠野はようやく上体を起こした。

英孝の顔をのぞきこみ、唇が触れそうな距離から囁いてくる。

「俺の仲間だと思われないように、くれぐれも気をつけろ」

今さら言われても無駄な言葉を残して、遠野はソファから下り、バスルームのほうに向かう。

シャワーを浴びているのか、水音が聞こえてきた。

——巻きこんだのは、おまえじゃないか……！

無理やり引きずりこんだくせに、そのフォローをしようともせず、このような無責任な言葉で放り出す遠野の身勝手さに怒りを覚えた。

それともこれは、自分の力で真相にたどり着けという遠野からの挑戦だろうか。

――上等じゃないか。

英孝はむっつりして、立ち上がる。

仕事柄、何に対しても猜疑心《さいぎしん》は切り離せない。遠野からことの真相を説明されたとしても、弓狩の不正について頭からそのまま信じこむことなどできず、本気で告発する前に、自力での裏付けの調査を行わなければいられないだろう。

だとしたら、自分の力で真相にたどり着くのも、同じだ。

弓狩に遠野との関係を知られたことで、背水の陣に追いこまれた。弓狩の正体を探るのは急務だ。

リビングの片隅に前回のようにキチンと畳んであった服を着こみ、英孝は遠野がシャワーを終えるのを待たずに、マンションを飛び出した。


それから数日間、英孝は獅子奮迅《ししふんじん》の働きを見せて、抱えていた身柄事件を処理した。徹夜も辞さない奮闘ぶりに、宮田がついていけずに悲鳴をあげた。そんな宮田を、英孝はなおもあごでこき使う。

「どうしちゃったんですか。そんな、急に処理しろなんて話じゃないですよね」

「つべこべ言わずに、どんどん働け」

榎本は、嫌疑不十分として不起訴にすることが決定した。英孝が榎本釈放の背景について調べたところ、遠野が言っていた通り、大陸マフィアがらみだとわかったためもある。

あらためて弓狩に榎本の保釈について申し入れたところ、次席室にたまたま検事正が別件で居合わせていたせいもあるのか、苦々しい顔をしながら、印を押してくれた。

英孝がこれほどまでにてきぱきと働いているのは、調べたいことがあるからだ。

今日と明日の二日間、弓狩は北海道《ほっかいどう》への出張でこの東京地検を留守にすることが決まっている。地下の資料室の出入りのデータの記録は残ることとなるが、その隙に洗いざらい調べるつもりだった。そのためには、他の仕事をその前に片付けておく必要がある。

その水曜日と木曜日。

宮田には休みを取ってもいいし、別の仕事をしてもいいと告げ、英孝は飲み物と食べ物を持って、地下の資料室に向かう。二日の間に、弓狩の不正の手がかりをつかむつもりだった。

検察官も人の子である以上、綺麗な女性のいるクラブで飲んだり、ゴルフをしたり、私的な賭《か》け事をすることもあるだろう。そのこと自体を英孝は否定するつもりはない。だが、検察という機関の権力を私的に濫用してはならない。それは、検察官としての大原則だった。

万が一、弓狩がそれを破っているのだとしたら、その証拠をなんとしても見つけなければならない。

——だが、見つかったら、どうやってそれを表沙汰にするんだ……？

遠野は正攻法で告発しようとして、失敗した。弓狩はこの東京地検のナンバーツーであり、トップである検事正とも親しい。よっぽど証拠を固めておかないかぎり、検察庁の上層部は平の検事である英孝より、次席検事である弓狩を信じるだろう。下手をしたら、遠野と同じように処分される。

怖かった。

自分のほうが遠野よりも、ずっと隙だらけのような気がする。

だが、もはや後戻りはできない。ひたすら自分の目で、真実を見極めるしかない。

弓狩は今でも裏金として予算を流用しているのだろうか。警察やマスコミの力を使って、事件を隠蔽したり、口封じの工作を今でも行っているのか。暴力団との関係はどうなっているのか。英孝は資料室の端にある机に陣取り、持参のパソコンを法務省の情報ネットワークシステムに接続して、片っ端から調べ始める。

ここには膨大な資料がある。二日かけても、調べられるのはほんの一部だ。着眼点を間違えたら、何も得るものなしで終わる。

だが、やるしかなかった。


英孝がまず目をつけたのは、遠野と知り合うきっかけともなった、暴力団の関わる事件だ。暴力団構成員の起訴・不起訴の規準がどこにあるのかについて引っかかったのがそもそもの始まりであり、まずはそこから調べ直す。

一覧表を作っていくと、九年前から七年前、そしてここ一、二年という期間だけではなく、不起訴になっているのは、同じ暴力団のグループだということに気づいた。広域指定暴力団である若里組や、その下部団体ばかりだ。

若里組がからんでいる以外にも不起訴になった身柄事件が他にも数件あったが、それは誰が考えても不起訴にするしかないような、小さな事件だった。

――若里組、か。

遠野が七年前に検挙されたとき、暴力団の幹部から高級クラブの接待やデート嬢の世話をされたという嫌疑をかけられたが、その罠に関与し、証言したのがまさに若里組だ。

弓狩と若里組の間には、何かがあるとしか思えない。

若里組がらみの事件について、ファイルを詳しく調べた。

疑っているせいとだけは言い切れず、やはりどこかが不自然だ。通常なら手に入れられるはずの証拠が入手できていなかったり、アリバイが不自然だったりする。現場で毎日調書を作成している英孝には、どうしても引っかかるお粗末な出来だった。

一日目はひたすら、暴力団関係のファイルを調べ続け、疑問に思ったことも全てメモしていく。だが、日付が変わるころ、さすがに頭がボーッとしてきた。焦るあまりに根を詰めすぎていた。準備していた食べ物と飲み物に手をつけることすら忘れるほど、調べに没頭していた。

肩と背中がガチガチに凝っているのに気づいて、そろそろ一度休憩しようかと考えていたときだ。

不意に資料室のドアを解錠する電子音が聞こえ、英孝はギクリとして動きを止めた。

先日、弓狩にここにいる現場を押さえられたことを思い出す。だが、弓狩は今は出張中のはずだ。

扉が開く音がして、棚の向こうに人の気配が感じられる。こちらのほうに近づいてくる足音は、複数のようだった。

英孝はハッとして、机を見る。今日は調べに没頭していたために、あやしいと思った事件のファイルをいちいち棚に戻してはいなかった。弓狩が後ろ暗いことをしていたとしたら、机の上に積み上がっているファイルに気づいて、それなりの反応を見せるだろう。

――来い……！

むしろ、開き直った気分でいると、棚を回りこんだ男たちが姿を現した。二人だ。弓狩次席検事と、その背後に一人、屈強な体格の男が立っていた。

「また君か」

弓狩は机に近づくと、積みあがっているファイルをじろじろと眺めた。

さして顔色を変えなかったが、英孝がパソコンで作成中だったそれらの事件についての疑問点のメモを見たとき、さっと表情が強ばった。

ふうっと大きくため息をつき、悪人そのものとしか見えない凶悪な笑みを見せる。

「好奇心は猫をも殺す、ということわざを知っているだろう？」

開き直ったようなその態度に、英孝の背に冷たい戦慄が走った。

「今は……出張中では」

「君が気になったものでね。ここのデータベースにアクセスして、君のパソコンの閲覧記録を確認させてもらった。明日も会議があるというのに、最終の飛行機で戻らざるを得なかった」

そこまで知られたくない情報を、英孝が調べていたということだろう。

だが、この資料室に出入りし、パソコンを駆使して検索しなければ、欲しいファイルにたどり着くことはできなかった。

英孝は弓狩の背後に立つ屈強な男に恐怖を覚えながらも、ふてぶてしく居直って尋ねてみた。

「知ってはいけないこととは、どのようなことでしょう、弓狩次席検事」

「せっかくいい娘を紹介してやったのに、アフターを断ったらしいな。カタブツにもほどがあると思っていたが、遠野とできていたとはな」

英孝の表情が青ざめたとき、弓狩は背後にいる男に軽くうなずきかけた。

今まで、検察庁では見たことのない男だ。逃げるのが一番だと素早く立ち上がって机から離れたが、出口は一カ所しかなく、壁と棚に囲まれていて追い詰められる。どうしようもなくて振り返ったとき、肩のあたりを男につかまれて、グイと引き寄せられた。

「――っ!」

視界が反転し、身体が浮くような感覚の直後に、床に叩きつけられる。

薄れゆく意識の中で、英孝は自分の身体が抱きあげられ、どこかに運ばれていくのを感じていた。


意識が戻っても、何も見えなかった。

だが、自分の服が全て剝ぎ取られ、後孔にバイブを入れられているのがわかる。その異様な感覚に身じろいだとき、前立腺に振動が襲いかかった。

「――っ……ぁ……!」

驚きに身体が跳ね上がる。

一瞬、自分は遠野に捕らえられて、こんなことをされているのかと思った。

だが、近くから聞こえてきた低い男の声は、弓狩のものだ。

「気がついたようだな」

「…っ、何を……っ！」

立ちあがろうとしてもうまくいかない。

遠野ならまだしも、どうして弓狩にまでこんな目に遭わされているのかわからなかった。緊張に強ばった後孔は、快感よりも圧倒的な痛みを与え、金属と革でできたような拘束具は手足に食いこむばかりで、恐怖ばかりがつのった。何より、目隠しをされていて、外の状況が把握できないのが不安でたまらない。

「よっぽど遠野に飼い慣らされているようだな。ペニスについていたバンドは、遠野とのお遊びか？もっと別の方法で君を黙らせようと考えていたのだが、裸に剝いて気が変わった。——私には君のような破廉恥な趣味はないが、とある人に相談したら、こんなバンドをつけられているような淫乱なペットは、ショーに出して大勢のご主人様に再調教してもらったらどうだと提案された。そのペットもきっと喜ぶだろうし、そのときの画像を残しておけば、君は私に決して逆らえなくなるからだとね」

「なん……だと……？」

英孝の身体は大きく震えた。

ショーだの、大勢のご主人様だの、冗談ではない。裸を大勢の前にさらし、何かをされると考えただけで、怖気が走る。

「ここは秘密クラブでね。客は一流の、身分の保証のある人たちばかりだ。ここで何があっても他人には口外しないよう、秘密保持契約を結んでいる。今夜、ここで開かれるショーに君を出演させてもらうことが決まった。嬉しいだろう。一流のプロに可愛がってもらうんだからな。私は客席からじっくり、君の姿を見せてもらうよ。普段、すましている君が、どれだけ乱れるか楽しみだ。明日から君は、私に忠実ないい部下になることだろう」

「ふざ……ける……な！　すぐにこの……拘束を解け！　俺はそんなショーなどには出演しない。人権蹂躙《じゅうりん》だ」

冗談ではない。

バイブの異様な振動にのたうちながらも、英孝は必死で拘束から逃れようとしていた。

誰かに調教されるところを弓狩に見られるぐらいなら、この場で殺されたほうがマシだ。弓狩は本気でこのようなことを英孝が望むと考えているのだろうか。

バイブが蠢くたびに、内臓が掻き回されるように痛む。苦しくて、痛くて、そのきつさを緩和するように分泌物がじわりとにじみ出たような感覚もあった。

弓狩のものらしき生暖かい手が、英孝の剥きだしの腿《もも》をなぞる。おぞましさに肌が粟立ち、その手を振り払おうと足をバタつかせた。

「残念ながら、若い君は遠野にだまされているんだろう。そうに決まっている。君のお父さんは立派な裁判官だし、お母さんも国際的な弁護士として活動しておられる。お兄さんも弁護士として、活躍中だ。そんな立派な家族に、君の行状によって泥を塗るわけにはいかないだろう？　君が遠野と離れ、遠野から吹きこまれたことを洗いざらい喋って私に服従を誓うのなら、君の反逆は不問にしてあげよう。どうするか、あとで聞く。じっくりとショーの最中、考えておくといい。そんな余裕はないかな」

いくらじっとしていようにも、バイブが蠢くたびにその痛みに腰が揺れ、襞を小刻みに刺激されて悲鳴が漏れそうになる。

これが、現実の出来事とは思えなかった。弓狩とは二年近くも、地検で上司と部下として働いてきたのだ。なのに、どうしてこのようなことをされているのだろうか。

「言わない。……誓う」

ぐりっとバイブが奥をえぐり、英孝の身体が跳ねあがる。痛かった。内臓がどうにかなりそうだ。ショーがどうのといっていたが、一瞬でも早く抜き出してもらいたい。腰が揺れているのは気持ちいいからではなくて、純粋に苦痛だからだ。

いくら歯を食いしばっても、うめきが漏れてしまう。目隠しの下で涙がにじんだ。

「言わないから、だから、……止めてくれ…っ！　早く……っ」

ガクガクと震える英孝の身体が、快楽ではなく苦痛を享受しているのだとわからないらしく、弓狩がくくっと笑った。

「お楽しみだな」

いきなり乳首をつままれ、指にこめられた強い力に、さらに苦痛が弾けた。

「っぁあ！」

「とりあえず、記念写真を撮っておこうか」

「嫌だ……っ！」

拒んだのに、携帯電話のカメラのシャッター音が非情に響く。取り返しのつかないことをされて、英孝の心もプライドも、ズタズタに崩壊していく。

心臓が押しつぶされるような絶望が、胸を満たした。

自分の無力さを思い知らされた。

荒野に放り出されたような恐怖の中で、浮かんだのは遠野のことだった。遠野はこんな弓狩を敵に回して、怖くはなかったのだろうか。

あまりのショックに、身体が冷たくなり、何も考えられなくなっていく。さすがにこの反応には、弓狩も異変を感じたのか、からかうような声をかけてきた。

「どうしたんだね。全く元気がないようだが」

より刺激を与えて勃起させようとでも思ったのか、さらにバイブの振動をあげられる。

「……っあ！」

内臓を掘削されるような苦痛が突き抜け、ガクガク震えながら、英孝は歯を食いしばるしかない。

身体がどれほどメンタルな部分と直結するものなのか、思い知らされるようだった。

——痛いだけだ……。

少しも気持ちよくなんてない。

今まで遠野にさんざんひどいことをされても感じてきたのは、自分のどこかに快楽に浸る余裕があったからだと、ようやく認識する。

信じられないようなことを仕掛けられてはいたが、英孝の反応に応じて加減されていたのかもしれ

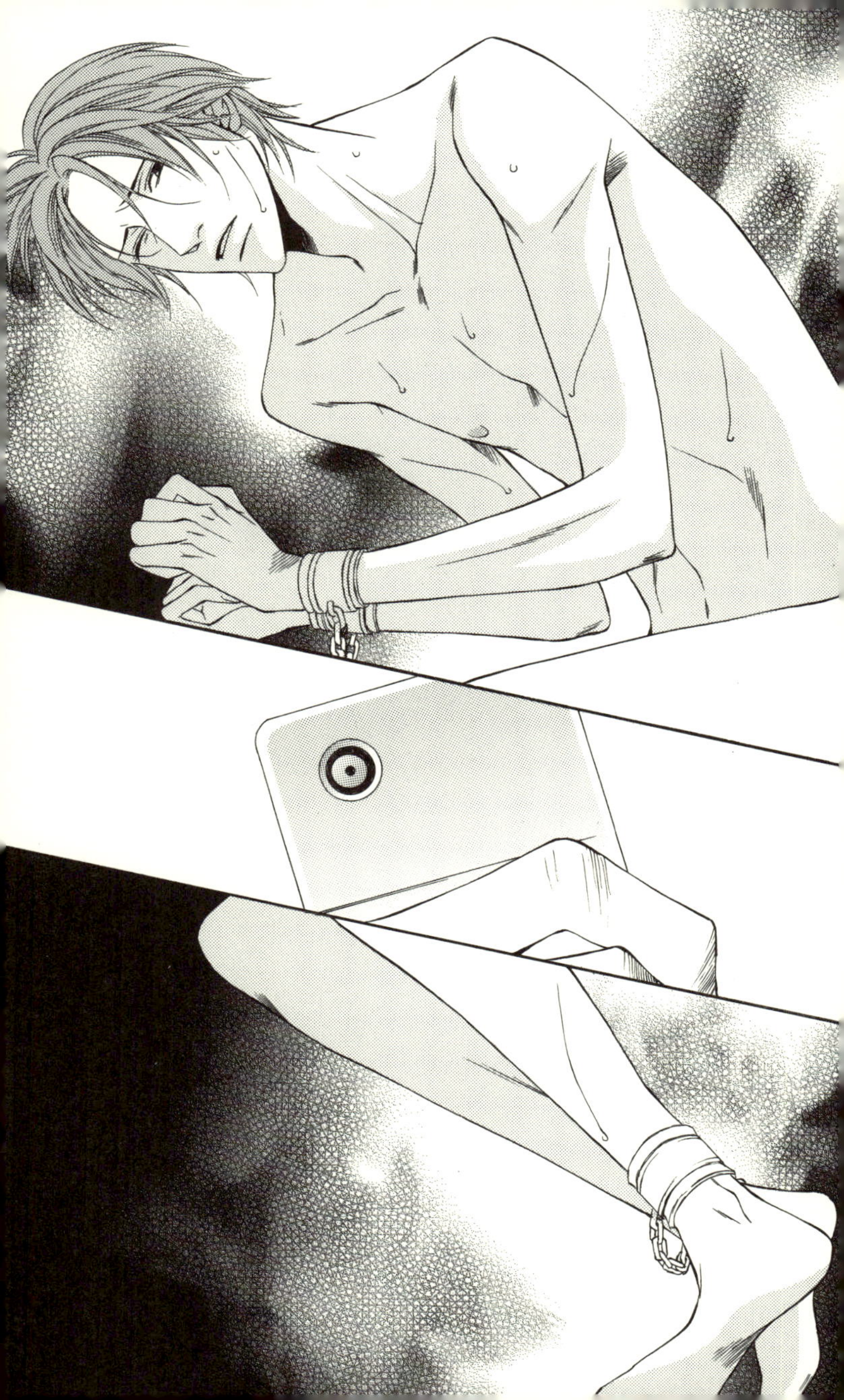

ない。エスカレートしていく遠野の行為にもついていけた。遠野に対する信頼のようなものが芽生えていた。この男は自分に苦痛だけではなく、快感を与えてくれる相手だと。この男は信頼できると。

「もう嫌だ！　……やめてくれ！　……っ、いい加減に……！」

やめろやめろと本気で訴える英孝が面倒になったのか、孔の開いたプラスチックのボールを口に押しこまれた。窒息しそうな恐怖に英孝の身体はガチガチにすくみあがり、パニックに陥る。口を閉じることができなくなる。

そのとき、誰か別の男の声が響いた。

「時間だ」

弓狩がその男と、何やら小声で会話を交わしているのが聞こえてきた。

——まさか、本当に何かのショーに出されるのか？

考えただけで、恐怖と焦りに身体が震えた。

英孝の身体は誰かに抱きあげられ、台車のようなものに乗せられる。

その台を押され、ごろごろと車輪が鳴る音と振動とともに、どこかに運ばれていく。何も見えず、下手に暴れて落下するのが怖くて、身体を硬直させてじっとしているより外にない。

唇にくわえさせられたプラスチックの孔の部分を伝って、唾液があふれていく。その量は半端ではなく、人間として扱われていないような屈辱に、死にたくなる。

——違う……っ。

自分が望んでいたのは、こんなことではない。

遠野の視線にさらされたときのような狂おしい快楽は、まるで存在しない。不安で怖くて、悦楽に浸る余裕などない。

バイブは弓狩が強くしたままだった。その痛みに英孝は腹部を丸める。身体をどう動かしたら楽になるのかわからなかった。口枷のために唾液が喉に詰まり、このまま自分は窒息して死ぬのではないかとすら思う。

全身から冷や汗がにじみ出し、ガチガチに硬直した関節が痛み、襞を掻き回すバイブが痛い。悲しくて悔しくて、何もできない自分が情けなくて、目隠しの下で涙があふれた。

同じことをされているのに、遠野がいるのといないのでは、こんなにも違う。

——遠野……。

ひたすら、すがるように遠野のことばかり考えていた。遠野がすぐ前に立って、何か言葉を投げかけたり、身体に触れてさえくれたら、このどうしようもない絶望感や苦しみは消え、代わりに恍惚の悦楽に全てを委ねることができるだろう。

——遠野に会いたい。抱きしめられたい。この震えを消して欲しい。

だが、遠野がここに現れるはずがないということも、わかっていた。

遠野が英孝がこんな目に遭っているのを、知るはずがないからだ。合同庁舎の地下の資料室から、意識を失わされて連れ出された。

——どこにも逃げられない。……誰も、助けてくれない。

絶望が心を食い荒らす。あまりの不安に頭がぼうっとした。身体の感覚がなくなり、浅い呼吸しかできなくなったところ、英孝を乗せた台がどこかで止まった。

目隠しをした状態で身体を引き起こされ、数歩歩かされる。この隙に何とか逃げ出そうとしても、二人の男に挟みこまれた状態ではどうにもならず、磔にされるように手足を背にした台に枷で固定されていくのがわかった。

――嫌だ……っ！

何をされるのだろうか。

頭を動かすたびに唾液が口にくわえさせられたボールの孔を伝って、あごから胸元を濡らす。惨めだった。何も見えず、壁を隔てた向こうから、女性の悲鳴の混じったような声が聞こえてくる。鞭打ちの音に混じって、野次が聞こえてくる。そこで、ショーが行われているのだろうか。

――嫌だ。……怖い……。

頭の中で遠野の姿ばかり思い描く。願っても無駄だとわかっているが、精神安定のためにそう思うのをやめられない。

遠野から与えられた苦痛は、必ず快楽となった。あの手でなければ嫌だ。遠野でなければ。

絶望のあまり、英孝のプライドは完全にへし折られ、幼子のように心が剝きだしになっている。

瞳の端から涙があふれ、鼻水まであふれて、呼吸が苦しくなる。ひくひくと子供みたいにしゃくりあげ、身体を震わせることしかできない。

何で遠野は自分に近づいてきたのだろう。弓狩の不正に気づかせ、暴かせようとしたのか。

だが、英孝は弓狩に気づかれ、囚われた。

――その失敗すら、遠野が予定していたといたら……？

何かをつかみかけそうになったとき、扉をブチ破るような大きな音が遠くで響いた。

――何だ？

怒号と罵声と悲鳴が響き渡り、誰かが手入れだと叫ぶ。何が起こったのかまるで把握できないまま、英孝は目隠しの下で大きく目を見開いた。だが、くくりつけられた身体はまるで動かない。

警察がここにやってきたのだろうか。警察が自分のこの姿を見つけて記録に残したら、後々騒ぎになるのではないだろうか。新たな不安がこみあげてくる。

耳元までせりあがるような心臓の鼓動に邪魔されながらも、懸命に周囲の気配を探っていると、ざわめきの中で英孝のいる小部屋のドアが開け放たれ、誰かが近づいてくる気配があった。

「……っ」

早くこの姿から解放して欲しいが、見られていると思うと、全身に力がこもる。

そのとき、いきなり顔に手が伸ばされ、目隠しが外された。

あまりのまぶしさに、英孝は反射的にぎゅっと目を閉じる。だが、その一瞬に飛びこんできた男の顔が瞼に残っていた。

英孝は確かめずにはいられなくなって、再び瞼を押し開けた。

やはり自分の前に立っているのは、遠野だ。

――何で……？

口がボールでふさがれているから、くぐもった声しか漏れなかった。

遠野は磔にされた形の英孝の全身に視線を這わせると、嬲るように瞳を細めた。

「楽しめたか?」

その声を聞いた瞬間、苦痛だけしか感じられなかった身体が不意にゾクリと反応した。身体の奥底から甘い痺れがわきあがり、バイブの振動に合わせて身体の隅々まで広がっていく。襞がじわりと溶け、ボールでふさがれた口からくぐもった吐息が漏れた。

——何で……?

これでは、パブロフの犬だ。飼い慣らされたつもりなどなかったはずなのに、身体は勝手に遠野の存在に屈服し、甘い痺れを享受している。

そんな英孝の身体を支えながら、遠野は英孝の手足を枷から解放していく。手足が自由になるのにつれて、力を失った身体が遠野にもたれかかる。

英孝はその胸に、いつしか全体重を預けていた。

身体に教えこまれた記憶が、この男こそが自分の主人だと告げる。遠野は英孝を地獄に突き落とすことはせず、圧倒的な快感ばかりもたらした。

磔から解放されはしたが、まだ抜かれないままのバイブからのとろけるような快感が英孝を追い詰めていた。立っていられない。細かい振動が英孝の体内をえぐりたて、昂らせていく。同じバイブなのに、どうしてこれほどまでに体感が変化するのかが、不思議なぐらいだった。

英孝は口をふさがれた状態で、あえぐことしかできない。

抱きこまれたまま見回すと、自分が真っ赤な緞帳《どんちょう》で囲まれた狭い舞台の上にいるのがわかった。騒ぎは続いている。もうじき、警察官がここにやってくるだろう。それまでにどうにかこの姿を取り繕わなければならないと思うのに、腰が抜けたようになり、遠野に全てを預けたまま動くことができない。

ようやく口枷が外され、その途端、たまっていた唾液がどろりとあふれた。

そのあごに手を添え、唾液をすするように、遠野が口づけてくる。愛情と独占欲が感じられる、むさぼるような口づけだった。舌をからまされ、深くまで掻き回される。遠野の舌を気が遠くなるほどの悦楽を掻き立て、英孝のほうからもねだるように舌をからみつけてしまう。

遠野に抱きしめられる感触が不思議なほど胸に染みて、泣きたくもないのに涙があふれそうだ。キスを終え、ようやくバイブも引き抜かれ、英孝の身体は支えを失ってがくんと崩れそうになった。その身体を遠野がすっぽりと毛布で包みこみ、強く抱きしめてくれた。

その腕の中で英孝は身体の力を抜き、幼子のように安らぐ。

意識を失ってしまいそうだったが、その前に聞いておかなければいけないことがあった。

「ど……して……」

目を閉じて声を押し出す。

どうして遠野がこの場に現れることができたのか、壁の向こうの騒ぎは何なのか、聞いておかなければならない。多量の唾液を流した後だからか、声はひどくかすれていた。

そのとき、警察官がドヤドヤとこの部屋に入りこんできた。怯えて身体を強ばらせる英孝の肩をあやすように撫でながら、遠野は彼らに向かって、声を発した。

「被害者を一人、確保した。後ほど、事情聴取に応じさせる。ここはいい。別の部屋を探してくれ」

「わかりました」

遠野はすでに捜査権を持つ検事ではなく、一介の弁護士に過ぎないはずだ。だが、警察と何らかの協力関係にあるのか、彼らはすぐに出ていった。

二人きりになると、遠野はようやく、耳元で真相を語ってくれた。

「ここは若里組の経営している地下クラブだ。ここを売春容疑で摘発するのを皮切りに、地検の幹部と若里組との関係を、徹底的に洗いだすことになってる」

何かが頭で弾ける。

「ゆ……がり……のことか?」

「ああ。弓狩は、さきほど逮捕された。あの男は狡猾な男でな。どれだけ身辺を探っても、若里組と直接連絡を取るようなことは一切しなかった。ここに現れたのも、今日が初めてだ」

遠野は英孝をなだめるように、背をそっと撫でながら言った。

「悪かった。弓狩を揺さぶるためには、おまえが不可欠だった。優秀で真面目な検事が、俺と組んで何かを嗅《か》ぎ回っていると気づいた弓狩が、焦って若里組の力にすがることを期待していた。若里組の幹部と弓狩の会話は、全て合法的に記録されている。たまたま、若里組には別件で傍受令状が出ていたからな」

「たまたまなんて……あるものか」

英孝はかすれた声で吐き捨てる。

これは全てが周到な計画の中にある。英孝はそのコマの一つとして、操られていたのだろう。地検をやめた七年前から、遠野は弓狩を破滅させるために虎視眈々《たんたん》と狙っていたに違いない。弓狩がまた古巣の東京地検に戻り、不正に手を染めるまで遠野は爪を研いで待っていたのだ。

「この件が片付いたら、……今度こそ洗いざらい、話してくれるだろうな？」

英孝は脅すように囁く。

前回尋ねても何も喋ってくれなかったのは、計画が進行中だったからだ。何も教えられない英孝が不満を抱えて身辺を嗅ぎ回ることで弓狩が刺激され、英孝を排除するために若里組の手を借りることを狙っていたのだ。

遠野の周到さには、舌を巻く。

自分で判断して動いていたつもりだが、全て遠野の手の内だった。

こんな男には会ったことがなかった。英孝のことを何もかも見抜いている男。したたかで、英孝よりもずっと上手《うわて》だ。

腹も立つが、負けを認めるしかない。

それより気になるのは、これから先の関係のことだった。

遠野と離れたくない。心も身体も騒いでいる。見知らぬ男たちに拘束され、バイブをぶちこまれたことで、英孝はようやく知った。心と身体はこれほどまでに直結しているのだと。自分の身体が反応するのは、遠野に嬲られるときだけだと。

——だけど遠野にとっては、俺はコマの一つか？

過去の苦い記憶が蘇る。

能登にとって、英孝は大勢のうちの一人に過ぎなかった。

利用するためだけに近づかれたのだとしたら、この件が終われば遠野との関係も終わる。こんなにも心を掻き乱されたというのに、また一人で放り出される。

それが耐えがたかった。

だけど、みっともなくすがることはできず、捨てられる前に自分から離れたほうがダメージが少ないのではないかと考えてしまう。他人と正面から向き合うこともせず、傷つくのを怖れてきた。自分を丸ごと受け入れてもらうことに自信がない。ずっと他人と関わることを避けてきた。

遠野の声が聞こえた。

「いずれ、全て話す。時間をかけて、弓狩と若里組との関係を調べあげた。今度こそ、罪を免れることはできない。弓狩を告発するだけの材料は、全部調ってる」

「全部？」

「ああ。今度こそ、負けはしない」

確信に満ちた猛々しい表情に、遠野が長い時間をかけてこの件と闘ってきたのが伝わってきた。

遠野はどこかから服を探し出してくれた。

服を身につけ、小部屋から出て外に向かうときに、現場責任者のような刑事と親しげに会話を交わす遠野を見る。やはり、遠野はこの検挙にも深く関わっているのだろう。信頼できる捜査官と組んで、若里組と弓狩の癒着を摘発する準備を慎重にしてきたに違いない。

遠野は現場付近の駐車場まで英孝を案内し、メタリックブルーの外車に近づきながら、家まで送ろうと言った。

「俺の事情聴取はいいのか？　弓狩が俺に何をしたのか、詳しく話してやるが」

裁判の席で自分がバイブを突っこまれたことを話すと考えただけで、耐えがたい苦痛を覚える。だが、負けたくなかった。遠野があのように弓狩に闘いを挑んだというのなら、英孝もよけいなプライドに惑わされずに証言をする。遠野はそんな英孝の心の動きを読んだように、柔らかく微笑んだ。

「可能なら、そうしてくれ。だが、そこまでしなくても弓狩が当分娑婆に出て来られないように、不正の証拠は山のように積みあげてあるが」

助手席に英孝は背をまっすぐ伸ばして座り、運転席に乗りこんできた遠野にため息とともに告げる。

「おまえとの付き合いも、これで終わりだな」

本当は、遠野との縁を切りたくない。

だが、そんなみっともない姿をさらすことができない。

エンジンをかけようとしていた遠野は、その声に動きを止め、さも意外なことを聞いたように横の英孝を見た。

「終わり？」

心外だというような声の調子に、英孝も固まる。何か自分は間違ったことを言ったのかと思ったが、口に出した言葉は修正できない。

「そうじゃないのか？」

尋ね返すと、遠野は長いため息をついた。エンジンを始動させることも、車から降りることもなく、長い時間がそのまま流れていく。

その沈黙が重すぎた。

耐えかねて何かを言おうとしたとき、遠野がようやく口を開いた。

「これで終わりにされるとは思わなかった。そうされないように、言っておく。最初は、単におまえを利用するだけのつもりだった。おまえのすました仏頂面を乱してやりたくて、心が疼いた」

遠野の正直な告白に、英孝は眉を寄せる。

「何で俺に目をつけた？　他に検事は大勢いる」

遠野は淡々と続けた。

「地検を辞めてからも、内部の情報はそれなりに手に入っていた。俺によく似たカタブツの、優等生の検事がいて、弓狩に目をつけられていることも知っていた。だからこそ、その検事を逆にこっちに取りこめば、弓狩を揺さぶることができると考えた」

地検内の情報源は、遠野の元事務官だろう。

英孝はまともに息もできなくなる。遠野にとって自分が何なのか、知りたくてたまらない。この機会を逃せば、その答えは手に入りそうもない。

遠野はよけいな気負いを感じさせず、柔らかな表情をしていた。

「おまえを見てると、昔の自分を思い出す。どこか不安定で、危なっかしくて、だけど、懸命に正しくあろうとしている。会うたびにおまえに惹かれ、おまえを自由にしてやりたくて、胸が疼いた」

——自由に……？

遠野のそんな告白が、たまらなく胸を締めつける。ずっと英孝を苦しめ、自己嫌悪に突き落としてきた欲望と、今なら向き合えそうな気がする。

「……自由になりたいのは、……おまえだろ……っ」

英孝はたまらなくなって、うめいた。涙が吹きこぼれそうになる。

「ずっと過去のことを引きずって、縛られて、一歩もそこから這い出せずにいる…くせに……！　俺がいなかったら、おまえはその惨めな場所に縛られ、動けずにいるはずだ」

遠野は過去の事件に縛られ、誰にも助けを求められずにひたすら一人で突っ張って、苦しんで苦しんで、傷を重ねてきたのだろう。

ずっとこの不正に一人で対峙《たいじ》していた遠野の苦しみを思うと、抱きしめたくなる。

遠野が自分を自由にしたいというのなら、英孝も遠野を自由にしたい。事件解決とともに、遠野の心を解き放ちたい。

助手席から手を伸ばし、英孝は遠野の襟元をつかみあげた。グイと引き寄せ、その顔をにらみ据える。

「……俺も闘う。この件に関して、徹底的に追及してやる」

だから、自分の背にも重荷を分けて欲しい。

遠野の力になりたい。必要とされたい。

ずっと一人で生きてきた。だが、英孝にとって遠野はかけがえのない存在となっていた。遠野も英孝のことを、同じように感じてくれないだろうか。

「別れないでくれるか？」

遠野が英孝の肩と背中に腕を回し、強く抱きしめながら耳元で尋ねた。遠野がそのような言葉をくれるとは思わなくて、英孝はたまらない幸福感に満たされながら、目を閉じる。

「おまえにとって、俺が必要なら」

「必要だ。誰よりも、おまえを愛している」

その言葉に、たまらなく鼓動が高鳴る。

魂の半身とはこのような相手のことを指すのだと、初めて理解できたような気がした。

それから一カ月――。

「最近、何だかとってもご機嫌がよさそうですね」

宮田から言われて、帰り支度をしていた英孝は、氷のように取りすました顔をそちらに向けた。

「何だと？」

「ですから、最近はとてもご機嫌ですね」

「俺はそんなに、以前は機嫌が悪そうだったか」

「ええ。毎日、苦虫嚙みつぶしたような顔をしてましたよ」

英孝はあやしむように宮田を見る。

自分の態度はそれほどまでに以前と違っているのだろうか。だが、それはそうだろうと肯定する声も、頭のどこかからする。毎日、とても幸せだからだ。

恋人ができたなどと知られるのは気恥ずかしいから、どうにかもとのようにふるまえるようにと表情を引き締めてみたが、これからの約束のことを考えただけで、自然と表情が緩んだ。

英孝はチラリと腕時計を眺め、ネクタイを結び直し、髪を鏡をのぞきこみながら指で直す。

そんな身繕いに宮田がより嬉しそうな顔をしたのにハッと気づいて、英孝は鞄をつかみ、ぶっきらぼうに言い捨てた。

「先に帰る。部屋の戸締まりは任せた」

デートなどというものには慣れなくて、やたらとドギマギする。

合同庁舎の正面から出た英孝は、ぐるりと左右を見回した。そうするのが癖になっていた。だが目につくカメラや取材陣の姿はなく、検察庁の周りはようやくもとの静寂を取り戻したようだった。

この東京地検のナンバーツーである弓狩次席検事の事件は、世間を大きく騒がせることとなった。暴力団との癒着や裏金の流用、マスコミや警察に圧力をかけての捜査妨害など、公権を私的に行使しての弓狩の罪状は数え切れないほど挙げられた。毎日毎日発表される弓狩の疑惑をマスコミは大きく報じ、検察庁も組織を挙げて不正を調べあげると宣言した。

東京地検のトップである長沢《ながさわ》検事正は弓狩の不正には関与してなかったが、減俸の上、降格となり、この件を徹底追及するために新たな検事正が東京地検に送りこまれてきた。

飯塚《いいづか》検事正は遠野の恩師とも言うべき存在らしく、遠野が過去に冤罪を被せられて退庁に追いこまれた当時から、何かきな臭さを感じていたらしい。弓狩の罪をとことんまで調べ、組織をあげてのみそぎを行うつもりのようだ。

弓狩の手足として、思うがままに使われていた検事たちにも次々と処分が下り、地検内部にはピリピリとした雰囲気が漂うこととなった。英孝も一時は裏切り者めいた白い眼を向けられかけたこともあったが、飯塚検事正の肝いりとして、この件についての調査協力を持ちかけられたのが知れ渡ると、彼らは一転して協力的になった。徹底的に膿《うみ》を出し切れと、飯塚には厳命されている。

遠野は表立って動いてはいなかったが、警察と組んで若里組の犯罪をあぶり出している最中らしい。遠野は若里組と敵対する暴力団の弁護を担当することで、その組織運営や、内部情報について詳しくなり、必要な情報も手に入れたようだ。若里組はかなりの数の幹部が検挙され、壊滅するのではないかと、ちまたでは囁かれている。

英孝は検察庁の正面から出て、日比谷《ひびや》公園へ向かった。車が停められるその周辺で、遠野と待ち合わせをしていた。

英孝のペニスに巻かれたバンドは、まだ外されていない。

事件が片付いた後、外すかどうか尋ねられたが、英孝がつけ続けることを望んだからだ。

一週間に一度の逢瀬。

だが、これがあれば会えないときでも遠野に拘束されているような感覚を持つことができる。

バンドを見るたびに身体が熱くなり、遠野に抱かれたくてそこに熱がこもりそうになる。彼に会うまで射精を許されないことが、より英孝の心を従属させ、遠野のことばかり考えさせる。束縛感は快感だった。そこに愛情があるならば。

まだ灯りの残るオフィスビルを背景に、日比谷公園は薄闇に包まれていた。車を探して歩いて行けば、近くの歩道に立つ遠野の姿が見えた。

近づくといきなり抱き寄せられ、唇を奪われる。

人がほとんどいなくなった時刻とはいえ、ここまで職場に近いところでは問題がある。あわてて身体をひねって逃れようとしたが、唇を割る舌の動きに逆らいきれない。熱烈なキスに、嬉しさととまどいがわきあがる。

舌をからめられ、唾液をすすられた。腰の後ろに腕を回して引き寄せられ、互いの鼓動すら伝わるほどの抱擁に、英孝の身体はじわりと溶け崩れる。

ようやくキスが終わってからも、遠野はなかなか顔を離そうとはせず、白い頬をうっすら紅潮させた英孝をのぞきこみながら、感慨深そうにつぶやいた。

「俺を見るなり、こんなに嬉しそうな顔をするとは、反則だ」

「そんな覚えはないが」

だが、宮田にからかわれるほど今日の自分は浮かれていたようだ。どんな顔をしているのか、自分ではわからない。

遠野に会うと思っただけで、少年のように浮かれている自分がいる。この先、一生恋などしないのではないかと思っていたほどだったのに、この変貌には自分でも驚きだった。時間があると遠野に会

って何を話すか、どんなことをするか、そんなことばかり考えている。

――遠野も、同じ気分になることはあるのだろうか。

先日、聞き出したところ、遠野も七年前のあの事件の前後に恋人と別れ、長いこと特定の相手を作ることはなかったらしい。ひたすら弓狩への復讐心に駆られ、心に余裕がなかったのだろう。

英孝が助手席に乗ると、車は走り出す。

遠野が言った。

「近くに、うまい割烹《かっぽう》料理の店がある。まずは、そこで食事をしよう。それから俺の家、というコースはどうだ？」

「問題ない」

「今日は、どんなのがしたい？」

からかうように言われて、セックスのことを言われているのだと直感的にわかった。

ドキリと心臓が跳ねあがる。

リクエストを尋ねられたのは、初めてだ。運転席の遠野をうかがってみると、彼は意味ありげに視線を流してくる。

さんざん妙なことをされてきた。遠野にされる行為の全てが刺激的で、英孝にたまらない悦楽をもたらした。

どんなことをしてもらおうかと考えただけで、興奮に身体が疼きだしたが、ふと気づいて言ってみた。

「普通のがいい」

出会いが電車での痴漢だった。

普通にベッドで抱き合うような行為を、まともにしたことがない。一度ぐらいは落ち着いて、遠野に抱かれてみたい。

「普通の？」

遠野が虚を衝かれたようにつぶやき、それから感心したようにつぶやく。

「そうか。考えてみれば、普通のはなかったな。だったら、普通のにするか」

身体から始まった遠野との関係が、少しずつ恋人同士のような甘さを増していくのがくすぐったい。

人肌のぬくもりを覚え、遠野の存在が自然になっていく。会えないときは、寂しくてたまらないと思うほどに。いずれは、一緒に暮らすこともあるのだろうか。

信号で車が止まったとき、遠野が英孝のあごをつかんで引き寄せた。

いきなり甘いキスをされる。唇の中に舌が入りこんできて、驚きに縮まる舌を絡め取られた。

会うとやたらと遠野に触れられる。遠野のほうも、英孝の存在に餓えているのだろうか。

荒々しく暴れ回るキスに掻き乱され、信号が変わるまでまともに息もできなかった。

唇が離れた後は、照れくさくて、どんな顔をしていいのかわからなくなって、英孝は窓の外を向く。

――今日は、普通の。

自分も遠野も、普通ので我慢できるのだろうか。

この後のことを考えただけで、期待に身体が疼いた。

仕事用の部屋を通り抜け、奥のプライベートスペースとを隔てる扉をくぐった途端、英孝は壁に縫い止められて口づけられた。ネクタイを抜かれ、服を剝ぎ取られ、大きな手が身体の輪郭を確かめるように、足から尻にかけてなぞっていく。

「縛るのもいけなかったか?」

尋ねられ、縛られた感触を想像しただけで、英孝の身体はゾクッと痺れた。さらけ出された乳首がしこり始めるのを感じながら、英孝はうわずった声で答えた。

「今日は、普通のだろ!」

普通のに縛りは入らない。

遠野は英孝の言葉に諦めたように肩をすくめ、横にあったテーブルの上にネクタイを放った。

「だったら、俺をその気にさせてくれ」

「え?」

「普通のじゃ、燃えない。俺がその気になるように、いやらしく誘ってくれ」

薄々そうなのかもしれないと思っていたが、遠野も厄介な性癖を持っているようだ。

「その気って、……どんなことをすれば……」

遠野のものを、くわえたりすればいいのだろうか。顔にかけられるほうがいいだろうか。考えただけで身体が熱くなったが、遠野は近くにあるベッドを指し示して、どっかりとソファに座りこんだ。

「一人でしている、エロい姿を見せろ」

「な……っ」

そんなことをするのかと考えただけで、全身が火照りそうになる。自慰を見られるなんて、恥ずかしくていたたまれない。

だが、遠野は譲ろうとはしなかった。

「ほら。……ベッドにあがれ」

言われて、英孝はベッドに座る。遠野は英孝の姿が正面からよく見える位置から、視線を注いでいた。

「できないのか？」

高々と足を組み、ため息とともに言われて、英孝は反射的に言い返す。

「でで、……できる……！」

どうしてそんな返事をしてしまったのかわからなかったが、答えた途端、遠野は冷酷に笑った。

「もうすでに、身体は熱くなっているようだな。そこに手をからめて、好きなように弄ってみろ。おまえの淫らな乳首も、弄って欲しそうに尖ってる」

敏感な足の間に遠野の視線を感じただけでじわじわと痺れが全身に広がり、性器に熱が集まっていく。

我慢できずにそこに手を伸ばすと、そこはすでに形を変え始めていた。

ゆっくりそこをしごきあげるように手を動かすたびに、遠野の視線がからみつく。

遠野が見知らぬ他人だったときよりも、惚れた男に自分の淫らさを見られていることのほうが、千倍も恥ずかしかった。

乳首をなぞり、硬くなったそこをつまみあげる。好きな強さで転がすと、遠野の視線に煽られ、英孝はより感じてしまう。自慰を見られることが、こんなにも興奮するとは思わなかった。

尖った乳首の先を指先で転がしながら、遠野にされているような感覚に陥っていた。

——遠野だったら……。

遠野の手の動きを真似て、つまみあげてこね回す。それだけではなく、痛くなるほどつまんだり、嚙んだりするだろう。じっとしていられないぐらい痛く感じられる乳首のクリップを、つけてくるかもしれない。

考えただけで、じわりとペニスの先から蜜があふれ出した。

その反応を見抜いて、遠野が尋ねてきた。

「今、何を想像した？」

「……何……も……っ」

指の動きも止められない。先端からあふれる蜜をペニス全体に塗りつけ、くちゅくちゅと動かす。指先で乳首をつまみながら、もっともっといやらしいことをされたくて、身体がどんどん昂っていく。

「何を思った？　乳首を嚙まれることか？」

「……そう……」

「違うな。もっといやらしいことだ。もしかして、おまえは乳首をもっといやらしいものでいじめられたかったんじゃないのか?」

ちゃり、と金属音がして、遠野が乳首用のクリップが二つついた鎖を取り出す。痛くてつらくて、気持ちいいものだ。見ただけで、痺れるような熱が足の間から這い上がる。それをひどく望んでいた気もした。

「これを自分でつけてみたいんだろう?」

言葉に煽られて、英孝の乳首がツンと尖る。

遠野は立ちあがり、英孝の前に立って乳首にその鎖を触れさせた。

こんなときの遠野は、とても意地悪な顔をする。その目に煽られ、その鎖が乳首に触れただけで、その冷たさに英孝の身体は跳ねあがった。

ゾクッと痺れが広がり、それが欲しくてたまらないような気持ちに陥った。

「ください、……それを。……これで、乳首をいじめさせて……ください」

遠野が自らつけてくれると思っていたのに、遠野はベッドにクリップを置いて、ソファに戻ってしまった。

あくまでも今日は、英孝の自慰を観察することに徹するつもりらしい。

英孝は自分で手を伸ばし、クリップをつかんだ。

「強度は一番弱くしてある。自分で気持ちのいい強さを選べ」

言われて、英孝は濡れた目をそれに向ける。ペニスに添えられている指は、熱くなった性器を嬲り続ける動きを止めることができない。

弱すぎるのは遠野に許してもらえない気がして、無理して真ん中ぐらいに指先でネジをひねった。クリップの先をぷっくり尖った乳首に近づけ、そこにあてがう。緊張に身体がすくみあがるが、淫蕩な気持ちをもはや抑えこむことは不可能だ。

「つぁ、……つぁ、あ、あ！」

指を離してクリップで乳首を挟みこんだ途端、痺れるような痛みと熱がそこからジンジンと全身に広がった。すぐにでもそこに手を伸ばして、外したい気持ちを必死でこらえる。

「ついた……っ」

叫ぶようにあがった声に、遠野が上から言葉を重ねた。

「気持ちいいだろう？」

ガクガクと震える上体をそのままに、英孝は両手で性器をしごきあげる。そこからの快感がないと、乳首からの痛みに耐えられそうもなかった。硬く脈打つ性器を撫であげるたびに先端から蜜があふれ出し、淫らな音が漏れる。

「ん、……っ、気持ち……いい……っ」

乳首の痛みは、次第に快感へと変化していった。英孝は身体をのけぞらせながら、遠野の指を思い描く。遠野の指がもう片方の乳首をクリップでいじめることを思い描いただけで、ペニスを弄る指がさらに濡れる。

そちらにも刺激なしではいられなくなって、英孝は震える指で、左の乳首にもクリップを近づけた。

「つぁ、……つぁああ！」

胸が大きくのけぞる。真ん中あたりに強度を調整していたつもりだったが、朦朧としていたから強めになっていたのかもしれない。耐えられるギリギリを越えるほどに痛くて、身体に強く力がこもる。だけど、外すことは考えられず、懸命に耐えてしまう。

最初の痛みの波が軽減すると、痺れるような感覚が乳首からもたらされるようになった。

英孝は声にならないあえぎを漏らしながら、性器を懸命に嬲り続けた。自慰を見せろと言われたからには、遠野をこの姿で煽らなければならない。

脳を溶かす鮮烈な熱にそそのかされるままに、英孝は快楽をむさぼる。乳首からもたらされる痛みまじりの快感と、射精の瞬間めがけて収束しようとする快感に煽られて、指の動きは荒々しくなるばかりだ。

全身に遠野の視線を浴びせかけられ、その目に映る自分の姿を意識せずにはいられなかった。

乳首を恥ずかしいクリップで挟みこみ、自分のものを擦って達しようとしている英孝の姿は、どう見えるのだろうか。

気持ち良くて、どうにかなりそうだった。ペニスを嬲る指が遠野のもののように感じられてならず、擦りあげるたびに腰が揺れ、甘い声が吹きこぼれる。

感じるにつれて、熱くなった後孔が刺激を欲しがるように、ひくひくと蠢きだした。その淫らな動きに、そこにも刺激が欲しくてたまらない。

だが、さすがにそこまではなかなか指が届かない。焦れったさを覚えながら、英孝は片方の膝を立てた。そこを遠野に見られていると思うだけで、たまらなく身体の熱があがる。

欲求に耐えきれず、英孝は後孔のほうに前から手を伸ばしていく。指先が襞の入り口を引っ掻き、熱い中に突き立てた。乳首の鎖が不規則な動きによって揺れて、乳首が引っ張られた。

「っぁ」

襞が指をひくひくと食い締める。

だけど、こんな体勢では指は動かしにくく、角度も深さもまるで足りない。

感じるところを好きなように掻き回すこともできず、焦れったさにより餓えが掻き立てられる。英孝は自分で半端に指を含ませたまま、許しを求めるように遠野を見た。

——どう…したら……。

その思いを読み取ったように、遠野が言った。

「助けが必要か？」

英孝は膝に額を押し当てながら、うわずった声で遠野にねだった。

「ここを、……掻き回して……ください」

「だったら、俺がやりやすいように、思いっきり足を開いて横になれ。指は抜くな」

指示された通りに、英孝はベッドに身体を仰向けに倒し、遠野に向けて足を開いた。

遠野がベッドにあがり、その足の間に近づき、膝をぐっと押さえる。片方だけ入っていた英孝の指に指を一本合わせるようにして、ぐっと押しこまれる。

遠野の指は、自分の指とは何かが確実に違っていた。

「つん……っ！」

溶けた襞が、その指をぎゅうぅっと強く締めつける。その指を呑みこんだ部分から痺れが広がり、強引に指を根元まで押しこまれて、その充足感にうめく。

遠野は英孝に指を抜かせないまま、自在に中を嬲ってきた。

「っぁ、……っぁ、あ、あ」

とんでもなく感じる。

遠野は中の指を動かしながら、もう片方の手を英孝の胸元に伸ばし、乳首を嚙んでいたクリップを外した。その痛みまじりの感覚にびくっと身体がのけぞると、遠野は少しひしゃげて変形したような乳首に、唇を寄せてくる。

「……くっ……ふ…ッ……」

遠野の唇が乳首を這い、柔らかくそこを吸った。急に血が通ったことでちくちくと小さな痛みが弾け、そこに舌の動きが加わるとたまらない責め苦となり、たまらなく襞が蠢いてしまう。

遠野に指で直接、中の動きを感じ取られていると考えただけで、恥ずかしさに頭が沸騰するようだ。なのに、より淫らな責めを望むように、英孝は足を開いてしまう。

「濡れてきた」

その言葉を証明するように、遠野の指がくちゅっと中で水音を立てる。

ようやく英孝の指が中から抜かれ、代わりに遠野の指が二本に増やされた。もう片方の乳首のクリップも外され、ジンジンと痛むそこに口づけられながら、指で英孝の体内がぐっと左右に押し開かれる。

「……んく……っ」

鈍く広がる苦痛はあったが、それは快感の前触れでしかないことを、英孝は知っていた。狭い部分を無理やり開かれ、羞恥とともに液があふれ出す。中を嫌というほど掻き回される。

乳首と襞を一緒に攻められるのが、英孝は一番感じる。感じすぎて身体が逃げ出しそうになるのを押さえこまれ、執拗に二カ所を弄り回される。

「っふ……っん、ん……っ、ぁ、……っん、ふ、っふ、……そこ、もっと」

いつしか、そんなおねだりまで口をついていた。

遠野の指は、英孝の弱い場所を全て知りつくしていた。前立腺を強くなぞられると、頭が真っ白になり、甘い痺れがわきあがる。頭がくらくらしてそこがひくつき、ひたすらいじめられることしか考えられなくなっていく。入りこんだ指を食い締め、もっと奥のほうへ導こうと腰が揺れた。

頭が勝手に、遠野のものを入れられたときのことを思い描いて、ぎゅううぅと指を締めつけた。

「欲しいのか?」

尋ねられて、英孝の鼓動が大きく高鳴る。

「……くだ……さい……っ、……中、いっぱい……」

それでも、遠野はすぐに与えてくれない。焦らせば焦らすほど感じることを知っていて、英孝が耐えきれずに再びねだるまで、ひたすら中を意地悪く掻き回し続ける。

乳首の先も引っ張られて揉み潰され、それだけで脳天まで届くような甘い波が襲ってきた。

「あ、……早く、……ください。……遠野の」

泣き出しそうになりながら訴えると、ようやく指が引き抜かれた。

硬く熱を孕んだものが、溶けきった入り口に押し当てられる。詰めた息を吐き出すと、望んでいた熱い灼熱《しゃくねつ》がぐぐっと突き立てられた。

「――っ……！」

限界まで無理やり押し広げられる苦しさと圧迫感が、英孝の身体をのけぞらせる。ずる、っと身体の内側を擦りながら入れられていくたびに、脳までえぐられるような熱い感触に息を詰めた。

――気持ち……いい……。

この瞬間が、英孝にとっての全てのような気さえする。

ずっとつながっていたい。動かされて、めちゃくちゃにされたい。淫らで暗い欲望が身体を染めあげ、体内に入れられた遠野のペニスを意識する。

尻の孔に男の男根をぶちこまれている。ひどく羞恥心を刺激するその姿をありありと実感しただけで、脳が灼ける。もっと穿たれ、淫らな獣に落とされていくことを望んでしまう。

「本当にこんな…淫乱な俺で……いいのか」

急に不安になって、ずっと胸の奥に存在していたわだかまりを口に出すと、遠野は甘く微笑んだ。

「いい…。おまえだから、いい」

その言葉が、英孝を癒す。遠野に強く愛されていることを、実感せずにはいられない。じわりと涙がにじむ。

まだ開ききらない中を慣らすように、遠野がグン、と突きあげた。襞が強烈にえぐられ、英孝の頭の中は真っ白に溶け、開きっぱなしになった唇から声にならない愉悦が漏れる。背筋を甘い戦慄が駆け上がり、目が眩むような快感に息が詰まった。

「う、…く、……ぅ、ぁ、……っ…」

——もっと……！

弾けそうにふくれあがった性器にバンドが食いこみ、鈍い痛みがそこでジンジンと弾けることすら快感を煽った。射精できない苦しみが、逆に英孝の快感を増幅させる。

——痛い、……けど、気持ちいい……。

見知らぬ男たちに身体を弄られるのとは違う。英孝は自ら選んで、遠野に犯されている。

無防備にさらけ出された後孔に、強烈な圧迫感とともに性器が叩きこまれた。一撃一撃が身体の奥まで響き、そのたびに身体を揺らさずにはいられない。

遠野のものは、英孝の身体には大きすぎるほどだった。だが、その張り裂けそうな大きさが、英孝を逃れられない悦楽に追い詰める。

突き上げられる衝動を他に逃がすこともできず、全ての動きを受け止めるしかなかった。

「あ、あ、……っぁ、……っあ、っふ」

カリの先で前立腺を探るように腰で円を描かれると、英孝の身体がビクンと跳ね上がる。電撃に似た快楽に襲われて、のけぞったまま動けなくなる。唇の端から唾液があふれていく。

遠野はそこをたっぷりいじめながら、英孝の胸の中央で二つ尖っている乳首にも指をからめ、引っ張った。感じやすい敏感な部分を立て続けに刺激されて腰が揺れ、より前立腺をいじめるカリに自ら押しつけることとなった。

「すごくからみつくな」

どうしようもなく感じた。

中から力が抜けず、カリの部分で前立腺をえぐられ、泣き出しそうなほど感じた。

遠野の指は乳首から離れず、爪を立てて、くいくいと引っ張ってくる。痛み混じりの刺激が乳首で弾け、たまらなく中がひくつく。ぎゅうぎゅうと絞りあげるほどの締めつけが良かったのか、遠野は満足気に喉を鳴らした。

「もっといじめたら、どうなる？」

乳首をつまんでぎゅう、とねじられ、段階を追って強くなっていく乳首への刺激に、英孝はのけぞってあえいだ。もうそこを弄って欲しくないのに、身体はもっとすごい快感がその小さな部分に潜んでいることを知っていた。

さらに乳首へのねじりが一段と強くなり、鋭い痛みが二つの乳首から脳天を貫いていく。

「っぁ、……っぁ、あ、あ……っ」

身体から少しも力を抜けないほどつらいのに、変形させられた乳首からは、同時に悦楽も感じていた。乳首をもっといじめて壊して欲しいほどの欲望がこみあげ、身体が溶け崩れる。ペニスにバンドを巻きつけられていなければ、この責めに耐えきれずに射精していただろう。

その状態のまま、いきなり遠野が大きく動いた。

「っひ、……っぁ、あ、あ……っ」

手綱のように乳首をつままれたまま、容赦なく突き上げられる。

ひどく力のこもっていた襞は一突きごとに頭が灼けるような摩擦を生じさせ、そのとんでもない悦楽に、英孝の中で限界が近づいた。

英孝は荒々しく突き刺さってくるペニスに合わせて腰を揺らしながら、荒い呼吸とともにねだった。

「イカせて……ください」

——達したい、一緒に。

その言葉に、遠野が英孝のバンドを外し、濡れ濡れになった性器を指先で根元からこすりあげた。

それだけで誘発されて達しそうになった英孝は、歯を食い締めてその衝動をこらえた。

「一緒にイクか?」

遠野の声は、情欲に甘くかすれていた。

うなずくと、遠野の動きは絶頂へと至る荒々しいものへと変化していく。英孝はその一突き一突きを受け止め、ひたすら先に達しないように耐えるだけで精一杯だった。

「っ……ん、……く、……っぁ、あ、ああ……っ」

それすらも不可能になってきたころ、ようやく遠野が許しを与えた。

「いけ」

その声とズシリとした一撃に導かれて、英孝は絶頂を迎えた。同時に、身体の深い部分に遠野のものがはめこまれ、熱い欲望が弾ける。

その熱に抱かれて、何もかもがわからなくなる。

だが、意識を失うことを遠野は許してはくれなかった。

力の抜けた身体を、うつぶせに組み敷かれる。

腰をつかんで犬のような姿を取らされ、英孝はその姿の卑猥さに震える。だが、何かを言う間もなく背後から押しこまれ、その熱さに濡れた吐息が漏れた。

「ふ、……っぁ、あっ……」

中で出された精液が潤滑剤となり、動かれるたびに甘い戦慄が背を舐める。足の付け根を掻き出された精液が伝っていく恥ずかしさすら、英孝にとってはたまらない興奮となった。

遠野は英孝の欲しいものをくれる。

身もだえするような悦楽に、追い詰められていく。


目が覚めたのは、真夜中だった。

身じろぎして目を開くと、驚くほどすぐそばに、遠野の顔があった。

やはりこの男は、獣のように気持ちよさそうに眠る。

前に見つけたときには居間のソファだったが、今は遠野が同じベッドで眠っていることが、遠野と自分との間の距離が縮まったことを伝えてくるようで、英孝はくすぐったいような気分になる。

——割れ鍋《なべ》に綴《と》じ蓋ってやつか？

英孝が隠し持っていた性癖と、遠野の持つ欲望は、ピタリと適合しているようだ。遠野の前では、英孝は自分の性癖を恥じることなく、ありのままの自分でいられる。必要以上に自分を卑下する必要はないのだと、遠野はセックスを通じて伝えてくれたようだった。

——だけど、今日は普通にするつもりじゃなかったのか？

思い返すと、引っかかるところがないわけではないが、そんなのも自分たちらしいのかもしれない。そもそも普通なんてものは、ないのかもしれない。それぞれに皆が、個性を持っている。遠野と一緒にいると、そんなふうに開き直ることすらできるから、不思議だった。

他人と合わせるのが苦手だったが、遠野となら不思議とうまくやれそうな気がする。言葉にしなくても、わかり合えているような感覚があった。

——恥ずかしいから、好きだなんて、なかなか言えないけど。

遠野のそばにいるだけで、たまらなく安堵を覚える。彼のぬくもりが英孝に勇気を与える。

また眠りに落ちる前に、英孝は気持ちよさそうに眠る遠野に顔を寄せ、そっと唇をかすめとった。

遠野のことが好きだ。

もっと束縛したい。遠野に対する独占欲が、日ごとふくれあがっていく。

また遠野の横に身体を横たえ、眠りに落ちそうになったとき、唇に何か柔らかな感触があった。

驚いて目を開くと、遠野が笑っている。

「何……？」

「夢うつつのときに、愛しい相手からもらうキスは最高だろ？」

遠野はからかうように言う。

もしかして、さっき英孝のほうから口づけたときに、目を覚ましたのだろうか。

——そして、最高の気分になった……?

思っていたよりもずっと、自分は遠野から愛されているのかもしれないと思うのは、こんなときだ。

キスはだんだんと深くなる。

互いにとってかけがえのないものになりたい。

それが英孝の一番の願いだった。

あとがき

このたびは、「仮面の下の欲望」を手に取っていただきまして、本当にありがとうございました。

　担当さんと次に何を書くのかを相談していたときに「どMの受はどうですか……！」と提案されて、心臓打ち抜かれました。担当たん、いっつも何か、すっごく私の弱いところをついてくる。いいなーと思いながらも勇気がなかったり、書きたいけど書くのはすっごく大変だろうなーと尻込みしたり、自分の今の筆力では書けるのかわからなくて、あえて避けていたテーマを突きつけられると、もうやるしかないって感じですよ。

　ってことで、どMの話になりました。どMはやっぱり、普段はツンとすまして、「自分、Mどころかむしろ S」って感じのキャラでいて欲しい。どMなのがバレたらいけない感じの職業でいて欲しい。そういう思いから、お堅いお仕事の検事。攻は、どMを軽く調教できるどSタイプでいて欲しいっす、っていう思いがあったので、暴力団の顧問弁護士。顧問弁護士と検事は対立する立場で、どMをどSが思惑がらみで調教するお話、超萌え。

　ですが、初稿はいつでも「？？？」って感じのものになってて、改稿を繰り返しながら脳内の理想のキャラにじわじわと近づけていく作業が待っているのです。担当Sさまはとっても正しくどSとどMの心をつかんでいらっしゃるので、その手助けのおかげで、すっごく助かりました。まだまだぬるい気はするんですが、でも私本人がぬるいので、これ以上は無理かも。でも、楽しかった……！　またいつか、どMとどSは挑戦したいです。時間を置けば、また違うものが書けるような気もするので。

このようなどMとどSに素敵なイラストをつけていただいた、水名瀬雅良さま。本当にありがとうございました。いつも拝見するイラストより、ちょっと大人っぽい感じがするキャラで、それもまたすばらしいと、何だかすっごく萌え萌えしました。アダルトな魅力たっぷりで、なんかこう、理想的でした。

そして、何か不思議と私を挑戦させる担当Sさまにも、大変お世話になりました。次にどんな挑戦ができるのか、楽しみです。いつか、Sさまが超萌えになれる話とかが書けるようになりたい。もちろん、読者の皆様が楽しんでいただける話にするのが一番ですが。

何より、読んでくださった皆様に、心からの感謝を。今後とも、ひたすら頑張りますので、どうぞよろしくお願いします。

LYNX ROMANCE

ポルノグラフィック

バーバラ片桐

illust. 高座朗

898円
（本体価格855円）

多額の借金返済のため、AV監督をしている萩原はプライドを捨て、即金になるゲイビデオに出演することに。相手は、萩原に一目ぼれしたという端整な顔立ちの大学生・緒方。本番なしの疑似セックスのはずが、勘違いした緒方に激しく抱かれ、萩原は初めて感じる強烈な快楽に身悶えてしまう。撮影後も、何かと訪ねてきては萩原に食事をおごる緒方との関係は続いて…!?

LYNX ROMANCE

屈辱《くつじょく》の虜囚《りょしゅう》

バーバラ片桐

illust. 高座朗

898円
（本体価格855円）

医学生の篠原幸秀を取り巻く環境は、ある日を境に一変した。外科医である父親が医療過誤で訴えられ失脚、そのまま体調を崩し急死してしまったのだ。親戚に見放され、賠償金を払うため自宅を出ることになる幸秀。そんな幸秀の前に、かつて世話係だった近藤が現れる。彼は冷淡な眼差しを幸秀に向け、住まいと学費を提供する代わりに、身体を差し出すことを要求する。近藤の淫らな手で、幸秀は快楽の罠におちていき……!?

LYNX ROMANCE

ショールームで甘《あま》い誘惑《ゆうわく》を

バーバラ片桐

illust. 高久尚子

898円
（本体価格855円）

外車のショールームで営業として働く守春は、入社してから一台も車を売ることができなかった。とうとう月末までに契約が取れない場合はクビだと宣告されたが、営業部長の能瀬のアドバイスで、なんとか車を売ることができた。自信のついた守春は営業として活躍し始める。そんなある日、守春はいつも才腕を振るっている能瀬が、実はOA機器も満足に扱えないことを知る。能瀬の意外な一面に親近感を覚え、意識し始めるが…。

LYNX ROMANCE

恥辱《ちじょく》の檻《おり》

バーバラ片桐

illust. 高座朗

898円
（本体価格855円）

財務省にキャリア官僚として勤務する有村玲志は、上司の葬式で大学時代の親友だった武内勝巳と五年ぶりに再会する。暴力団の大幹部となった勝巳が現れ身の回りに不審な出来事が続いていた玲志は、上司の死に疑問を抱く。そんな折、亡くなった上司から届いた手紙によって、極秘計画の存在を知る。計画を告発しようと考えた玲志だったが、揉み消しを諮る勝巳に監禁されてしまい……。

LYNX ROMANCE

夜《よる》に堕《お》ちる執事《しつじ》の純情《じゅんじょう》

バーバラ片桐　illust. 高座朗

898円（本体価格855円）

美貌の執事・馨が仕える万里小路家当主の貴彰はプレイボーイで強引な男。クールな馨は、セクハラを仕掛けてくる当主に振り回されていた。そんな折、貴彰の父が会社の役員の座を退くことになり、貴彰が後任候補に挙がる。だがその座を狙う人物が貴彰を陥れようと動き始め、馨は脅しをかけられてしまう。妹を人質に取られた馨は、身体を使って貴彰を誘惑し、男同士のスキャンダルを仕立て上げるよう強要されるが……。

LYNX ROMANCE

先輩《せんぱい》の焦《じ》れったい秘密《ひみつ》

バーバラ片桐　illust. 巴里

898円（本体価格855円）

有能な税務署員の芦屋は、いつもトップの座を争っている先輩・森の秘密を知る。美人な森は自分を誉めてもらうのが大好きなナルシストだったのだ！　ある日、酔った森をマンションに送っていった芦屋は、夜毎全裸で己の身体をチェックしている森の姿を見せてもらうことに……。はじめは見るだけという約束だったが、淫らで色っぽい森に興奮し、うっかり手を出してしまい!?

LYNX ROMANCE

心臓《しんぞう》に甘《あま》い牙《きば》

バーバラ片桐　illust. 北上れん

898円（本体価格855円）

父親の借金が原因で、暴力団幹部・奥浦の情人となり、夜毎嬲られ続ける高校生の真俊。心までは屈しまいとするが、快楽に溺れる己に恐れを抱く。信頼する担任の松原に救いを求めるも、それを察した奥浦に松原の前で犯されてしまう。更に真俊の媚態に煽られた松原も加わり、恥辱の限りを尽くされる。深い絶望で感情を無くしてしまった真俊に、いたわりを見せ始める。非情なはずの奥浦の優しさに、やがて心を開き始めるが…。

LYNX ROMANCE

冷酷《れいこく》なる瞳《ひとみ》の伯爵《はくしゃく》

バーバラ片桐　illust. 小路龍流

898円（本体価格855円）

天涯孤独の真名は、暴漢に追われていた男を命がけで助ける。偶然にも彼は幼い頃、餓え死にしそうな真名を救ってくれた、北久瀬伯爵家の後継者・彪武だったのだ。いつか恩返しをしたいと願っていた真名は再会を喜ぶが、彪武はある事情ですぐに真名の元を去ってしまう。数年後、再び巡り会った彪武は、醜い相続争いから誰も信用せず、心を閉ざしてしまっていた。更に真名を覚えておらず、金目当ての男妾と誤解されてしまい…。

LYNX ROMANCE

新装版

厄《やっ》介《かい》な恋《こい》人《びと》

妃川螢

illust. 実相寺紫子

1,048円
（本体価格998円）

友人に騙され、借金を背負ってしまった大学生の木庭晃陽。返済のため拘束され、怪しげなビデオを撮られかけたところを冷徹な眼差しの男・高野怜司に救われる。借金取りから匿ってもらうため、高野のマンションに住むことになった晃陽は、得体のしれない男を警戒するが、優しさに触れるうち、心を許し始める。しかし高野が大嫌いなヤクザだと知り——!?

書き下ろし短編と『この腕の温もり』も収録。

LYNX ROMANCE

西《にし》の塔《とう》の花《はな》嫁《よめ》

南野十好

illust. かんべあきら

898円
（本体価格855円）

隣国のコードウェルに、国を攻め滅ぼされたハインラインの第二王子・クリスは、「漆黒の悪魔」と呼ばれ恐れられる王・ライアンに幽閉されてしまう。夜伽の相手を命じられたクリスは、非情なライアンの仕打ちに、激しい憎悪を抱くが、国の再興と両親の仇討ちを果たすため、夜ごと屈辱に耐えていた。だが実父に殺されかけた過去をもつ、ライアンの心の闇と孤独を知り、仇とわかっていながらも、次第に惹かれてしまい…。

LYNX ROMANCE

獣《けもの》となりても

剛しいら

illust. 北沢きょう

898円
（本体価格855円）

天使のような美貌とは裏腹に、権力への野望を抱くイリア。皇太子を籠絡したイリアは、死者を蘇らせて創った禁断の兵器・人獣の強大な力を利用して軍部を掌握し、隣国への侵攻を推し進めた。戦いで敵国の皇子である羽秀を手に入れ、人獣として蘇らせるが、獣に堕ちたはずの彼はなぜか自我を失わない。崇高な魂を感じさせる羽秀を服従させるため、イリアはその強靭な肉体を鞭打ち、歪んだ欲望のまま己の快楽に奉仕させるが…。

LYNX ROMANCE

かくも強《ごう》引《いん》な彼《かれ》に俺《おれ》は

義月粧子

illust. 朝南かつみ

898円
（本体価格855円）

小さな広告制作会社に勤める塚越は、同業大手の営業で、やり手で有名な川埜に突然呼び出され、コンペから手を引くよう忠告される。反発するが、結局そのコンペは諦めざるをえなかった。引き換えに川埜から別の仕事を紹介され、複雑な思いのまま引き受ける塚越。だが川埜の仕事に対する真摯さに、彼への想いが少しずつ変わっていく。その矢先、川埜から告白され…。カメラマンと広告代理店営業の切ないラブロマンスも収録。

この本を読んでの
ご意見・ご感想を
お寄せ下さい。

〒151-0051
東京都渋谷区千駄ヶ谷4-9-7
(株)幻冬舎コミックス　小説リンクス編集部
「バーバラ片桐《かたぎり》先生」係／「水名瀬雅良《みなせまさら》先生」係

リンクス ロマンス

仮面の下の欲望

2009年7月31日　第1刷発行

著者……………バーバラ片桐《かたぎり》
発行人…………伊藤嘉彦
発行元…………株式会社　幻冬舎コミックス
〒151-0051　東京都渋谷区千駄ヶ谷4-9-7
TEL 03-5411-6434（編集）
発売元…………株式会社　幻冬舎
〒151-0051　東京都渋谷区千駄ヶ谷4-9-7
TEL 03-5411-6222（営業）
振替00120-8-767643
印刷・製本所…共同印刷株式会社
検印廃止

ISBN978-4-344-81704-3　C0293
Printed in Japan

幻冬舎コミックスホームページ　http://www.gentosha-comics.net